U0881634

虚构家族

鲁敏 著

译林出版社

图书在版编目（CIP）数据

虚构家族 / 鲁敏著. 一南京：译林出版社，
2023.9
（鲁敏随笔集）
ISBN 978-7-5447-9762-7

Ⅰ.①虚… Ⅱ.①鲁… Ⅲ.①随笔－作品集－中国－
当代 Ⅳ.①I267.1

中国国家版本馆CIP数据核字（2023）第087858号

虚构家族 鲁 敏／著

责任编辑 焦亚坤
装帧设计 吴 悠
校 对 蒋 燕
责任印制 闻媛媛

出版发行 译林出版社
地 址 南京市湖南路1号A楼
邮 箱 yilin@yilin.com
网 址 www.yilin.com
市场热线 025-86633278
排 版 南京展望文化发展有限公司
印 刷 苏州越洋印刷有限公司
开 本 787毫米×1092毫米 1/32
印 张 5.625
插 页 4
版 次 2023年9月第1版
印 次 2023年9月第1次印刷
书 号 ISBN 978-7-5447-9762-7
定 价 58.00元

版权所有 · 侵权必究
译林版图书若有印装错误可向出版社调换。质量热线：025-83658316

目录

辑一　时间秤

辑二　维生素

辑一　时间秤

杜鲁门·卡波特

卡波特啊，为什么总觉得你像孩子

从卡波特流传下来的若干照片来看，他的自恋程度可能仅次于三岛由纪夫，但三岛所恋的是自己的男子气，肌肉什么的，卡波特则相反，是柔美的部分。他身高一米六一，相貌精致，声音尖利，举止做作迷人。十六岁就去《纽约客》杂志做小工，以乖张出位而引人注目（金黄披肩长发，室内也常爱穿斗篷，像鹦一样奇异），一心想出名。老编辑哈罗德·罗斯第一次在走廊上看见他时，大喊："老天爷啊，那是什么东西？"出版处女作时所刊照片是一张歪倒在沙发上的特写，带有明显挑逗意味，虽是他精心挑选但后来也略有悔意，因为这在相当程度上影响了读者对他写作者身份的认同。成年后，他公开同性恋性向，但又与多位女星传出粉色新闻；从在《纽约客》工作开始，他就很擅长得罪人，制造麻烦与事端，并因此被辞退，成名后更是我行我素，曾专程跑到日本在片场对马龙·白兰度进行深度采访，却因为笔力过分辛辣而让白兰度愤怒咆哮：我要宰了那个混账小鬼！

上述只是俗气的小引，不足道。我们还是来关注他的作品。

杜鲁门·卡波特并不能算是我最喜爱的作家，但排在第一方阵。当然，我是博爱之人，这第一方阵也是蛮庞大的。卡波特的写作极多面，刚冷有时，甜美有时，虚荣有时，悬疑有时。看看他的作品清单，如果这是一份菜单的话，估计食客们会各自认领一盘然后分头找个角落去单吃：简直就吃不到一块儿。

最为圈外大众所熟知的是他在三十四岁时写就的《蒂凡尼的早餐》，由于赫本成功出演同名电影的大红，一下子，他成为文坛与社交圈的头号宠儿，身边全是大艺术家、大明星与经纪人，一跃至零线作家（我瞎造的词，指相对于一线二线）。此书后来几乎成为外省女孩以美貌与野心闯荡鬼魅都市的价值观指南。故此书不必多讲了。当时已出版《裸者与死者》且名声也更稳健些的诺曼·梅勒曾这样评价《蒂凡尼的早餐》："没有一处用词可以替换，它应该会作为一部绝妙的古典作品留存下去。"卡波特的头号书迷村上春树为翻译此书到日本，曾花大量时间研读，也深有同感，认为行文"匀称修整、言简意赅"，有

“我无论如何写不出来的啊”的好。这是同行间很高的赞赏。不过我本人并不那么喜欢——总觉得这里或那里有过分伶俐的浮华之气，虽然是反讽性的浮华。

在文学史上，卡波特的《冷血》那才真的是庞然大物。要知道，而今人人都能说上一嘴，或献上大红花的非虚构写作，正是在卡波特手上，这一崭新文体才得以确立并一夜耀眼。开辟此道的《冷血》被《纽约时报》誉为“美国有史以来最好的纪实作品”。事件原是发生在偏僻村庄的一桩灭门惨案，凶手异常凶残：被害人均被击中面部，电话线被割断，子弹壳也消失不见……案件震惊整个美国。卡波特有如听到灵异召唤，立即前往当地，前后花费六年时间，开始一连串访谈，包括死者亲友、邻居、当地警察，以及两名凶案嫌疑人本人，直至跟踪到凶手最终被吊上冰冷的绞索。《冷血》出版两周即登上畅销榜单第一位，并盘踞那个位置达一年之久。《冷血》大概有二十万字，不疾不徐，如精密机器以大象之足缓步推进，那漫长追索的耐心还原、繁花铺陈的人物与细节、似冷酷实则饱含对乏味生活无限爱怜的语调，使得《冷血》成为非虚构文体中至为高标的所在，至今被视为典范，绝无后人能够绕开——这里不展开讲了。

稍微讲两句的是热爱亦熟谙炒作之道的卡波特，为此一部大作的面世，在纽约举办了一场假面舞会，以黑白为主题，明星齐聚，盛大之况空前绝后，成了二十世纪六十年代的标志性事件之一。这也使得他的名声达到了巅峰，伴随而来的是更为喧嚣华丽的名流生活，从百老汇到好莱坞，进出皆明星，往来无凡人。到七十年代中期，他打算冒天下之大不韪，把他在名流圈所观察到的生活再次以“非虚构”笔法写出，定名为《应许的祈祷》，此书他终身没有写完，只刊出两章，但已足够引发震动，这下子彻底得罪大了，那帮整天就着艺术家下酒，其实从来不懂艺术与艺术家为何物的上流社会，就此对他集体排斥、一刀两断，偏偏卡波特对这个圈子，又有着他自己也低估了的依赖与攀附共生性，某种发作于写作又归谬于写作的颓败深深缠绕上了他。他一滑而下，就此失去节制，发胖，整容，飙车，酗酒，吸毒，幻觉，至脑萎缩，最终因肝病发作早早去世。六十岁。

可能正是这样的原因，我尤为留意他半自传性质的几部“小”作品：带有至为真切的祈求与疼痛，像是对不幸但纯美童年的一声长叹，回响在他荣华又孤清的生命中。

《圣诞忆旧集》，我很爱此书，因为太有名，这里也不多讲。只举一个小例子，说明其动人程度。2017年江苏高考的语文卷子，现代文部分的阅读即选取了此书中的片段，考完结束，一名考生跟我抱怨：哎呀，为什么选这篇啊，考场上看得我都差点儿哭了。想想看，这是什么样的感染力啊。最为动人的是，这是卡波特人到中年（他根本没有老年）、身处餍足之境的回忆录，对照自己的今昔，其内心与外在、物质与精神，几乎是两个极端，也许正是这样强烈到带有伤害感的对比，才让他对童年的那个圣诞节抱有那样大的爱恋与哀愁吧。

更早期的《草竖琴》与他的长篇处女作《别的声音，别的房间》，人物构成有些类似，自传成分都非常地浓。但处女作的哥特风味太重，人物诡异夸张，有着新人初啼般的用力过猛，简直就没一个地方肯好好轻声说话的，走一个最简单的步子，恨不得都原地扭上三圈以示线条。《草竖琴》就好多了，谦逊，软弱，可是又甜丝丝的，带着边缘人物特有的宽容与必将消失的自我放松感。但在气质上，我觉得处女作是更接近卡波特本人的。

对了，补一个小背景，在《别的声音，别的房间》里，有一个男孩气质的小女孩伊达贝尔，其原型即是卡波特整个少年时期的亲密玩伴，哈珀·李，是啊，也是一位超级牛同时又超级神秘飘逸的作家，只凭一本被誉为“国书”、高居青少年必读书目之首的《杀死一只知更鸟》就闪耀美国文坛半个世纪，更妙的是，哈珀·李在她的这本书中，也以她和卡波特为原型写了斯科特和迪尔这一对著名的玩伴！多么天成在彼此生命的相互投射：他俩在少年时期，一个瘦弱得整天被人唤作“娘娘腔”，而另一个则粗莽得像野猴儿，都缺少母爱，都爱爬上树屋去以幻想为生，最后分别成长为南部最优秀的两名作家——

但别想岔了，他们不是恋人，连这源自童年的友谊，在成年之后也被微妙的竞争所损害着，并在中年后彼此疏远。《杀死一只知更鸟》赢得普利策大奖，获得巨大成功，卡波特由此感到不安与嫉妒。此后，卡波特在《冷血》问世后的一长串致谢名单中未提哈珀·李，而事实上，写作此书，李帮助他做了不少外围辅助研究，前后打印出的笔记就有150页之多。——不过，我看到的中译本上，固然未被致谢，但被题献人里是有哈珀·李的。具体是怎样情形，实在不得而知了。

怎么又扯到文学之外了，我也真是太……说回卡波特的书。其实我是想讲卡波特的这本不太为人所知的随笔集：《肖像与观察》。当然，书中所收录的也不是全好，除了文笔机灵准确，不少篇目还是属于看过就忘的那种。但好的几篇，真的非常好。比《冷血》更冷峻，极准确的小动作，微雕式的控制，小力度与大美感。其中最出名的是一篇《缪斯入耳》，写他随美国戏剧团赴俄演出的一个散记：通篇皆是自由国度人士对俄式集权的好奇建构与机智解构，意义主要在此吧。我更喜欢另外一些篇目。《手刻棺材》：犯罪类非虚构，对话体。写得很牛，教科书级别的对话体。《一日的工作》《你好，陌生人》等次之。还有一些他独有的素材，如写毕加索、杜尚、庞德、纪德、可可·香奈儿、伊丽莎白·泰勒，写《冷血》拍摄散记的，等等。写人或写事，他不大提供全貌，就几百字，观点和描述都极准确但也显得很任性——有时，读者并不能看到被描述者，更多的是看到那个挥着手随意点评的卡波特。他确实自恋到这个程度，写任何一个人，你都能感受到他强烈的口音与立场。

卡波特在临死之前，留给世人这样一段话：我是个酒鬼。我是个吸毒鬼。我是个同性恋者。我是个天才。即使如此，我还是可以成为一个圣人。这当是清醒时预先写好的。实际上，他在友人家中昏迷之际的最后一句话是："是我，我是巴蒂。我冷。"最为打动我的是他这句话。"巴蒂"，是他小时候，姨婆喊他的名字。他的童年颇为曲折，母亲在十七岁就生下他，并在卡波特四岁时离异，随后母亲把他丢在南方乡下的亲戚家野生野长，与他很亲密的一位老处女姨婆，在智力和情感上有点儿不灵光，终生都未达成熟。可这一老一小，均以弱者的位置而互相依靠、极为亲密。在《别的声音，别的房间》《草竖琴》包括《圣诞忆旧集》里，都能看到这一段童年经历的多角度折射，卡波特写来总有种切骨的柔情与自怜。我一般不喜欢过分自怜与自恋的人。但很奇怪，这两种气质，在卡波特的早期作品中，形成了柔波般的美感，仿佛那是所有被遗弃者的童年，以及那些被珍惜和抚摸过的岁月。我喜爱这样的卡波特，像喜爱一个从来没有长大过的少年。

马洛伊·山多尔

他用慢动作停留在敏感和阴柔里

我看书时有一个不太好的习惯：几本书同时开始。餐桌搁两本，床头、沙发各有几本，卫生间则是新到的杂志。虽则便于取阅，也暴露出我挑挑拣拣、不够专注的态度。但这样几条跑道并行的方式，确乎也会有效甄选最中意的“那本书”或“那个人”。马洛伊·山多尔即是在这样类似“淘汰制”的环境中闪闪发亮、超前领跑的，而这一领跑起码持续了随后的一整个季度。

最先读到的马洛伊是译林出版社的试读本。译林社做试读本很讲究，不是他们特别倚重的作家也犯不着这样费劲。但我不会因此就轻易给作家加分。我这古怪的读者心态里有一种反方向的势利：出版社越是拼命推送的作家，我反而越会投去疑虑重重的目光。马洛伊的试读本经受住了这种目光。或者说，马洛伊是很适合做截取式、片断式阅读的作家。有些作家不是这样。福克纳不合适。冯内古特也不合适。包括托尔斯泰。有一批伟大的作家都不合适。相对应的，陀思妥耶夫斯基、普鲁斯特、曹雪芹、萧红就可以截片。这并不带有高下之别。不管怎么说吧，马洛伊从试读本给我的第一个印象，就是他文风出奇细腻，丝绸之下的女性肌理式的细腻、阳光下溪水反射波光的细腻，让人要眯起眼来，要推得远一点儿去。这一初步印象在后来的阅读中得到了多次强化。摘抄两小段。

> ……男孩，终于从人群里挤了出来，他自豪而沉重地对我们的疑问做出解答：
>
> “真可恨，我父亲夜里死了。”他用轻描淡写的语气说，神情中带着一股无法模仿的优越感。
>
> 那一天，他从早到晚都一脸傲慢，那目中无人的模样简直令人无法忍受。所以，就在那天傍晚，我们无缘无故地揍了他一顿。（《一个市民的自白》p.14）
>
> 他们盯着盘中的红肉，吃得聚精会神，充满食欲，用老年人特有的深沉咀嚼和品味，似乎对他们来说，用餐已经不仅是简单的摄取营养，而是一种隆重而古老的行动。他们格外认真地细嚼慢咽，仿佛在积蓄力量……他们吃饭的时候稍稍

有些吧唧嘴，带着虔敬而忧闷的专注，就像一个人已经没有时间好好吃饭……他们举止优雅地进餐，同时又像部落长者们一样隆重：既严肃，又不祥。(《烛烬》pp.94—95）

坦率地说，对捏包子式的多皱褶文风，我是摇摆式地喜欢或反感。实际上，这确实也没法给个结论。这就是作家的骨骼与五官，是构成一个作家面貌的单位元素。海明威会让主人公连续做七八个动作、来回十几句对话，却不出现任何形容词。马洛伊相反，其情境是慢动作的，一个名词或一个动作之前分别会有三至五个形容词来放大、定格、反复曝光、交叉成像。

我估计有人会不大耐烦这工笔式的笔触。尤其在纽约客式的杯水风暴、卡佛那因误会而生的极简教派、在泥坑中打滚诅咒的肮脏现实主义或动不动捅上一刀、吃个枪子儿的美国南方写作或天马行空汁液四溅的南美魔幻等分野派别之中，来自东欧小国的马洛伊的确是一种回归式的写作。他的古典体味很浓郁。在互相刷新也各自获得大量追随者的写作风格中，他显得迟缓、落伍，体重略有超标。

试读之后，我在单位和家里各放了他一本书。单位里的是《伪装成独白的爱情》，家里的是《烛烬》。

放在单位里的书，必须是抗干扰能力特别强的那种书，要适合在等候会议、等一位访客或等一个饭局时读，要足以对抗和过滤那些嗡嗡嗡和哼哼哼。我对《伪装成独白的爱情》寄予厚望，而无疑它也称职并且超标地做到了。三四天的零碎时间里，我读完了《伪》。这时候，我又暗中给马洛伊先生盖上了第二枚印章——我没说勋章——文学的观感很古怪，此处蜜糖彼处毒药的规律常常如惊雷响起，因此我采用一个客观的说法：印章。更何况我要加盖的这枚印章，叫作阴性气质。这其实跟“文风细腻”的观感一样，好与不好，总是因人而异的。但不管怎么说，对性别为男的写作者来说，阴性气质，我认为，是值得注意的。

阴性气质的印章，并不是因为《伪装成独白的爱情》中三段超长独白里，有三分之二都是以女性为第一人称。即使在以男主人公为独白者的那一章，其阴柔缠绕、曲折幽深之势依然十分强烈，尤其对于人与人的情感，对相互占有与彼此恩施的探究，是令人惊颤的。马洛伊所塑造的爱情是复调的、变奏的，夹杂有妻性、母性、奴性，有阶层、财富与教养，还有身体、羞耻、逆反，等等。我最感惊奇的是，马洛伊对待爱情这一宗古老公案的态度非常之顶真，好像整个生命里，只有对爱的追索才是至高无上的，非得走到穷途末路才不枉来世上这一遭——这是很女性化的。硬汉的世界观里，男人们的情爱总是可收可放的，是阶段性的，是发作一通也就完了的时疫，是必然会被野心权力等取代和覆盖的最小领土。但马洛伊好像不这么看，最起码他在这本书不这么认为，他笔下的男主人公们也不这么认为。他和他们一起，带着探索的试验性，以自虐式的残酷心态，像进行一桩事业、一门科学与一种文明似的，赌上一生去推进或毁坏他与女人们的爱。

这样的塑造，有时令人难以相信。但马洛伊会千方百计、异常耐心、反复堆砌地来证明这一点。他确实会让我想到普鲁斯特，这二位有莫大的共同点。我后来在译者余泽民所写的套书总后记《流亡的骨头》里也读到，马洛伊年轻时颇倾心于《追忆似水年华》。是的，他们在内在是通的，他们根本不在乎别的男人们所在意的那些利禄功名与大千世界。才不呢。他们认为，最昂贵最复杂最值得精心侍奉和消磨的，只有一个：人与人的情感。

话分两头，说说我放在家里的《烛烬》。由于对《伪装成独白的爱情》一书的先期印象，我对马洛伊有点儿小小的不同意见，可能是出于女性写作者的一种对抗感。我素来更倾向于异质的最好能粗粝一些的阅读。《烛烬》恰恰呈现出某些异质。书的开篇，相当之冷峻，带着一种饱经沧桑、欲言又止的世故，这正是我最中意的衰老智性了。我很高兴，有着隐约的预感，打个不雅但又很想这么说的比喻：就像黑毛野猪拱嗅到泥土深处的松露。

我提前半个小时上床，就着2016年的台灯看马洛伊点亮于1942年的烛光……午夜十二点了，人体生物钟和智能电子钟都在提醒我关灯睡眠。我毫无个性地顺从了。但睡眠失败。书中的那一对老友，那一对正在走向死亡、在死亡之前最后一次长谈、谈论他们一生中最重大的忠诚与背叛的老友，在我的脑海里不断地打转，我怎么可能打着鼾声入睡。我气坏了，掀被而起，愉悦的多久不见的生气：为着一本书要半夜爬起来啊。多快活多值当的失眠。

不算后记的话，《烛烬》只有212页，看到凌晨三点四十五，结束。——我很庆幸我是把这本书留在家中阅读，可以让我如此放肆与痛快。

文风就是一个人走路的样子，很顽固。马洛伊在中间部分，又回归了他细腻委婉的基调，像烘烤小可颂面包，一层一层地刷黄油，一层层地起酥皮。他回溯了这对老友少年时代在高级贵族寄宿学校里的友谊，这一段非常地动人，带有回忆与消逝的悲怆，像含着热泪在写。马洛伊从来都不会选择简单纯粹的感情，爱情是复杂的，友谊则可能更复杂……比如这一次。

少年时代的亲昵里，他们双方都带点同性爱的黏着感，是打着卷儿的旖旎淡蓝色，有时还带着不加克制的固执与歇斯底里：他们爱对方绝对超过爱自己。到了他们的青年时代，社会性的元素从封闭的门缝里像毒气一样地弥漫进来了。金钱、阶层、晋升或没落、出世或入世、放荡或自律，各种分割线，开始无情地宰割起和划分开这对细皮嫩肉的少年。友谊开始驶入暴风骤雨的河海，最致命、最俗气当然也是最结实的部分——女人，也在这时登场了。

但马洛伊很清醒，他绝对不会在爱情上多费口舌，他对爱情的看法在《伪》一书里已经完全交代、呈堂证供了。他现在所要向世人重点揭露的是：友谊，两个男人的友谊，像金子一样沉甸甸地坠挂了他们整个一生，使得他们弯腰驼背，一步步向大地深处迈进。我多次向同行推荐，推荐语总是像中学生在归纳中心思想：这本书，他把“友谊”这东西，写到骨髓里去了，写到南极写到北极了。你看看吧。

是的，马洛伊语调平静，几乎是一种厌倦式的平静。他把一辈子的友谊都召回了，集中到这个烛光摇曳的晚上，细细地反复抚摩、揉捏，剥去伪饰的皮毛，挑出每一根哪怕是最小的骨刺，然后他把最后剩下的那一丁点友谊之肉，文火慢烤，什么调料也没搁，除了时间之盐，当然，还配了红酒，配了烛光，最终还辅以甜点，做成永别老友亦是永别人间之前的最后一道晚餐。

而他们共同的女人，曾经就坐在他们餐桌上所空出的那个位置。整本书中，她都坐在那里，坐在生命与死亡的那一边，连墙上原来挂着的她的肖像都被摘下。她以缺席的方式陪伴着这两个以不同方式爱她，并以不同方式得到，又以不同的方式抛下她的男人。谁也不知道她到底更爱谁或者更恨谁，还是两个都爱，两个都恨。唯一可以解开这个秘密的是她的一本日记，自她多年前去世后就再没有人打开过。晚餐之后，丈夫和情人都同意，把这本日记投入壁炉，让她骄傲的内心一直那样神秘莫测地骄傲下去。他们同样选择在他们应得的悬疑与折磨中骄傲地死去。

《烛烬》所写的这种男性友谊，有一个很重要的或者说决定性的背景：跟主人公的身份，干脆直说吧，即马洛伊本人的身份阶层有关。

马洛伊出生在奥匈帝国行将终结之际，他的家族在当地历史悠久、受人尊敬，是典型的老派欧洲贵族，但很显然，在后来的两次世界大战以及若干轮次的资本洗牌中，这样的家族往往会历经各种分化与流变，从望族到小资本家到中产者到破落贵族，这过程中，他们保留着精神上的高度自洽，竭力葆有着原有的社交习性与生活格调，这与外部的泥沙俱下、平民化与实用主义的普罗趋势往往会形成一种隐喻或实质上的异位感。马洛伊本人更是如此。他成年后的整个写作、爱情、职业与生活几乎就是一部没有完结篇的欧洲流亡史……后记里对此有较为详尽的记录，此处略过不谈。我想要提请诸位注意的只是：这样的出身与经历，使得马洛伊看待他人与自我、看待自我与世界、看待友谊和爱情、看待财富声名等问题是中产阶级取向。

——对此我很难进一步地解释，或者这只是一个阶层论、出身论的顽固迷信。我只以本书的主题为例。《烛烬》对友谊的理解，就是十分布尔乔亚的，关键词就是：自尊与他尊。自己珍爱的东西，一定觉得别人会同样或更加地珍爱，并一定会以不易觉察的体面方式去谦让、退出和牺牲。哪怕其代价是终身的不原谅与血淋淋的至死都新鲜的巨大痛楚。

《烛烬》我后来又快速通读了一遍。这时由于梁文道、邱华栋等的推荐，许多人都在阅读和谈论他了，他的三本书一度占有了好几个月的各种榜单。我反而有点儿很小心眼的失落：似乎他的书只应当在一个中等客厅大小的范围内默默传阅。我甚至觉得这可能也是马洛伊的想法。

他从来就不是一个向往热闹、趋近光亮和火源的作家。他因缘际会，他四处流亡，他被禁止在本国出版，他失去心爱的儿子，他的藏书全部被毁，他当选为院士，他的名字被当局命名一个重要文学奖，他拒绝人群欢呼敞开怀抱的回归，他用子弹在异乡结束他的生命。弹簧般跳跃的生涯啊。马洛伊压榨般地品味每一寸苦涩，他用慢动作停在敏感和阴柔里，在这种停留里，他产出孤独，并把这种孤独转化成层叠的素色花瓣，装饰在一个老派布尔乔亚左侧方位的衣襟上。

V.S.奈保尔

奈保尔的旧房子

大师们在青年时代，如同美人初长，气韵丰沛、动作认真，对自己的影响力，尚无乔张做致的顾盼感。相对于声名响亮的“印度三部曲”、《河湾》、《抵达之谜》，我更偏爱奈保尔的早期作品《毕司沃斯先生的房子》。此书出版于1961年，十年后，他获得布克奖，四十年后，获得诺奖。

同属早期的《米格尔大街》已被太多的蜜汁与撒花淹没，这里且不费口舌。相较而言，更早一些的长篇处女作《灵异推拿师》少人赞赏。写作此书时，奈保尔刚从牛津大学毕业三年，连续应征二十六份工作皆遭拒，寄居在伦敦某个穷亲戚的地下室里，这听上去是有点儿辛苦的吧。但此书行文宽裕，节奏极为自信，戏谑化的田野生存哲学，弄拙成巧的灵异事件，有如多幕轻型喜剧，滚滚烟尘中自有一股生猛。稍许有点儿轻飘，年轻人特有的，值得原谅甚至值得羡慕的轻飘。他到底才二十五岁呀，指缝里处处透出熠熠光华。并且，从这部处女作开始，奈保尔即大致划定了他的自留地：殖民文化与原住民、印度移民与新世界。以致最后获得诺奖时，人们很直接地，像给水果贴上标签：移民写作。我估摸着他老人家并不喜欢。

但地缘交错的写作背景，确乎总有异样之处，他们在作家身上铸成一种动荡而开阔、混浊河水般的基因——比如纳博科夫，其繁复的气韵、纯正的邪念与哀伤的幽默感，俄式、法式还是美式？实已辨不出真正的产地。或许每居一处，便会像刷油画一样，使得他更加地层叠缤纷。近年大热的石黑一雄，日式的慎终追远，格调清冷又现代派，与鲁西迪、奈保尔被并称为“英国移民作家三杰”（还是像水果论堆儿。他们三个，实在太不一样！）。再比如诺奖得主赫塔·米勒，前几年大红的《恶童日记》三部曲、畅销到近乎俗气的《追风筝的人》等，他们的“锁扣”也都在于种族等级、殖民压迫、战乱、流亡等。尤其是《恶童日记》，其独特处还在于其文辞中特有的童稚笨朴之魅，这等神奇从何而来？出生于匈牙利的雅歌塔承认，她用非母语写作时，语言上尚无力达到文学性与复杂化。更年轻一代里，孟加拉裔的裘帕·拉希莉（代表作《疾病解说者》《不适之地》）在美国当代文坛颇受注目，写作主题仍然是对移民身份的抗争与重建……

太多了，像一张偏执者的购物单，能拉出很长的一串来。鲁西迪本人对此也说过，“我们是一种不完全的存在，我们就是偏见本身”。是啊，殖民文化、革命迫害、种族式迁徙等，多么当下，多么全球，多么政治正确！读者、评论界、媒体、影视、翻译，都会扑上去的。

讲远了，回到奈保尔的房子。相对于处女作《灵异推拿师》的飘动感，《毕司沃斯先生的房子》则绝对“压得住秤”了。

这是一个男人与房子的故事。幼时的毕司沃斯因父亲突然亡故，家中房屋被出售，他从此开始在不同亲戚家辗转寄居。成年后入赘到女方大家庭，众多的长辈，女人们、孩子们、家具与饭食、进项与用度，使他日夜愤怒、疲惫不堪。他雄心勃勃试图另立门户、自己造屋，却处处上当乃至最终被人纵火。经过一次精神崩溃后的离家出走，他似乎走出了阴沉的运气，奇迹般地谋得一份差事，并终于替晚年的自己买得一幢房子，算是拥有了头顶上的一小片屋顶。事情就此完了吗？奈保尔可绝不会饶过主人公的。他分派给毕司沃斯先生的，是一幢破绽百出、能把人折磨至死的旧房子。新一轮的、更为深重的噩梦就此拉开伴有刺耳噪声的序幕……

索引派认为此书是以奈保尔父亲为原型。因小说的主人公也是特立尼达的印度移民，也做过小报记者，也动笔写点东西，也有一个瞧不起这个家庭的儿子——简直与奈保尔父亲形成镜像对位。父子关系，确实对奈保尔影响深远。从《奈保尔家书》里起码就可以瞧出这种带点励志与重托式的“家传之风”。奈保尔成名后，位置上升很高，越来越傲慢，并开始俯瞰山河，出过一本随笔集《作家看人》，以英式幽默刻薄掐捏若干名人与同行，比如甘地、福楼拜，包括他青年时代仰慕不已、对他亦有提携之恩的作家鲍威尔。其中，他也给父亲以相当的篇幅，定性后者为加勒比海地区一个不被世人所认知的失意作家，言辞间投射出复杂的孤岛式亲情与接力跑者的体恤。

这些也都是题外话了。人物原型、灵感出处、写作动机、作家心理活动等，从单纯阅读角度而言，可算作身外之物，或也不必纳入“阅读契约”的范围，又瞎又聋一无所知的阅读是最客观、最鲜美的。回到书本身。前后数数，我读过三遍。这对我而言，算是比较高的记录。倒也不是因为多么的出色，是一流的杰作。这些形容词，都是太大的帽子，不适合轻易戴到哪本小说头上。一再重返现场的原因很简单，只是对它的一种惦记，对初读时那种心境的回顾之想。

引人重读的小说，与其是否华美、是否智性，并不构成正比例相关，关键在于性格魅力，像结交一个富有个性的人。《船讯》（安妮·普鲁）是笨拙的天真汉，《拉格泰姆时代》（多克特罗）乃十足浪荡子，《五号屠场》（冯内古特）是旖旎的神经质，《我们的小镇》（桑顿·怀尔德）是垂眉菩萨，《谁带回了杜伦迪娜》（卡达莱）则是人间灵媒。它们都以其独特的调性而令我常年系怀。这大概也正是理想小说的独有境界。

奈保尔的这幢破房子，所吸引到我的，又是什么呢。率直地说，是一种满目疮痍、处处遭殃的倒霉蛋气息。我的口味向来不大上台面，对卑贱的、困厄的、辛酸的东西总有天然的亲近感。毕司沃斯先生从出生到死亡都是如此，每一粒细胞、每一个毛孔都散发出无可弥合的悲剧与失败感，他那么努力、谨慎，动用心机，却处处跌跤、满嘴泥巴。就算偶尔看上去小有胜算，读者也会毫无同情心地等待着：看着吧，这里准有个绊子，他下一步就要四仰八叉了。奈保尔以一种特别的耐心，像连环套一样地反复勾勒，残忍地一刀又一刀，把毕司沃斯先生割得遍体是伤，却又滴血不出。起码他脸上都好好的，他总还是带着尴尬、轻蔑甚至有几分飘逸的笑，即便要骂人，也只会借着刷牙的时机，满嘴的漱口水，没有人能听得清。

中外小说里，有各样的畸零者、不识时务者、被损害与被污辱者，有时能看出来作家是爱这个人的，是怜惜和维护的。奈保尔却未必，或者说，他的态度，是严厉的，不赞同的，毫无原宥，这是男人对男人的，是移民者对移民者的，是替代式的儿子审看替代式的父亲的——这种审看，淋漓纷披，毕司沃斯先生身上一直没有暴露出的伤口、一直没有流出的败血，可能一点儿不少的，反转到奈保尔身上。我觉得，他写作此书，伴随着泣血无情的疼痛，近乎与他的整个青年时代，进行义无反顾的道别。这道别的力量，连绵不绝，反复地击打读者，反复践踏自己，反复质问人间。

还不止于此。

与这样一个几乎不愿与他目光对视的落拓男人相比，整部小说的环境，或所谓的“典型环境”，更是不堪到令人愤怒。奈保尔看起来既醉心于此，亦擅长于此。他用一种病态的、沉湎式的、自虐式的精细笔调，去描写毕先生各个阶段所置身的周边境况。

出产欠丰的土地。烂泥道路。房屋上威胁性的裂痕。他亲手豢养的家畜与软弱不忠的狗。儿子的订制校服，价格昂贵，又被弄坏。妻子至为重视但总是空空如也一无所有的装饰柜。对付慢性病的各种药片，无效的。不断捣乱的下等雇工……虱子般的琐碎，一波波涌上来，充溢着每一个白天夜晚，形成黏糊糊的、尘灰满面的生之压迫。

能看出来，这是奈保尔着意为之。他写得夸张，写得畅意。他或也清楚地知道，这会形成独特的质地，自会吸引到白白胖胖的优裕阶层，闲置的脂肪里挤压出苦涩但愉悦的文学汁水。推而广之地说，这也是移民小说中常用的一个技术性标配：衰败的低层情调。

低层与情调似乎不宜搭配。但从早已中产化了的审美来看，确乎又是一种蔚然成风的情调。与此类似的，还有绝症情调、失败者情调、自杀情调、背世者情调、亚文化情调等我不知该如何命名和归类的趋向。譬如我们总会看到，一到时间点，过节般的，人们就会抡圆了膀子拼命纪念梵高、卡夫卡、三岛由纪夫、茨维塔耶娃、海子、萧红、顾城、王小波……艺术家本身是孤美的，所遭逢的境遇是合乎时代情理、近乎必然的，但被后世者以一唱三叹、小合唱、大合唱的方式来反复传诵、抚摩把玩，便会面目全异了。实在都是误会。

似乎又跑远了，还是回到那幢旧房子。六十年代的特立尼达是否真像奈保尔笔下那样地破破烂烂、污水横流，人们跌跌冲冲地从一个陷阱跳往另一个陷阱，这说不好，但对一个寄人篱下、财富拥有量极低的异乡人来说，必须如此。移民的诸种诉求中，生存压迫是最初级的，但恰恰也是最根本的，任何一个水滴大小的纠葛都可以折射和放大出巨象般的异化感。何况奈保尔自有匠心所在。这本书的核心，并非气息沉沦的毕司沃斯先生，亦非这一无是处、等而下之的环境。奈保尔的焦点确乎只有一个：房子。

像钩住一条羸弱的不断挣扎的鱼，奈保尔花费580页，从毕司沃斯先生的出生一直追踪到他的死亡，漫长时月，千绕万转，絮絮叨叨，水尽石枯，反复着力的，即是这一个点。奶嘴似的，魔咒似的，安眠药似的，被人用枪逼指着似的：他想要一处自己的房子。

书中其中有一段。有一天，毕司沃斯先生终于得到一块无人肯要的坡地（此处根本不宜造屋），他兴头头地去找一个木匠，后者手艺极差、要价很高，但善于扼住要害。他在纸上画两个端正的正方形："你想要两间卧室。"毕先生点头补充："还要一间客厅。"木匠于是又添上一个正方形。"还要一条走廊。"于是又画半个正方形。木匠主动接下去描绘："走廊和前卧室之间，一扇木头门。""客厅门是彩色窗格玻璃。""走廊上你想要漂亮的围栏。窗户漆成白色。带台阶的花园。坡地上得有柱子和凉亭。"是的，是的。完全正确。听起来不错。毕先生一直在点头。他们在谈这笔交易的过程中，不断被各种家畜叫声和老婆骂声打断。但毕先生镇定得如临大事，他反过来安慰满怀憧憬（主要是憧憬工钱）的木匠："罗马非一日造成。我们一步步来。"……自然，这只是毕先生多次上当，然后落得众人嘲笑中的一个小环节。但我相信，就在木匠画在纸上的那几个正方形里，他获得了高潮般的短暂幸福，并且凭此来抵御他亦早有预感的长期的不举之败。

我痛恨又欣赏毕先生这愚蒙的固执，这固执，正是奈保尔本人的固执，他深谙这固执里的寓言意味。屋檐之下，栖身之所，破败欲坠的房子，移民者的房子，老鼠一样在其间繁衍生息。这房子就像一个小小的墙上黑点，死命地深挖进去，变成巨大的黑洞，隐喻到全球语境中迁徙挪移的族群与他们所苦苦寻求的空间。无根的，无维系的，辛苦建构又不断崩塌。

不知奈保尔本人最终是否满意这份隐喻的完成程度，毕竟明显到几乎成为明喻。有时候，小说中的投射与象征，也是个古怪东西，倘若过了头，或干脆以此作为全部生发点，就有些像是装了太多重物的马匹，就别再指望它能够奔跑出优美自若的姿态了。它做的每一个动作与走向，都带着预设的目的性和力学上的撕扯。它用极高超的人工，一层层地铺设叙事逻辑，每一个拐角，每一道风景中的树木与灌木，都有所暗示、有所服务，直到达到约定的终点——作家有力地搁下笔，投来迷雾中的深邃一瞥：我这故事，讲完了，你，“真的”明白我的意思了吗。

比如萨拉马戈的《失明症漫记》《双生》。比如被奉为至典的《城堡》。包括我一直很喜欢的三岛由纪夫，他在

《假面自白》中对“死亡、性、血”的反复寓指，像是缀挂了太多蕾丝边，大大伤害了小说的匀称感。再比如二十世纪以来最为人们称道的政治寓言小说《1984》，它的价值，窃以为从来就不是文本意义上的，尽管它独创了许多专有名词与术语并沿用至今。讲这些话可能要挨骂，连我自己也要加入这个骂。毕竟，谁又甘心仅仅是讲一个“睡前故事”呢，就连说书人都要时不时猛拍响木，指点一番世道人心。“言外之意”是作家永远的祸心所在，他固然是要讲一个故事哄你睡觉，可他必定会苦心孤诣、同时矢口否认地在故事里包裹点沉甸甸的玩意儿，他希望能向你当晚的睡梦伸去章鱼般的触角，甚至希望在你次日睁眼醒来时，视线里仍然盘踞着那摇晃着的阴影。

是啊，不只是次日，这些年来，这位素未谋面却形容俱全的毕司沃斯先生一直都在我前面不远处，挺讨厌地踽踽独行。我真说不清，我到底是在乎他，痛惜他，还是烦他，想甩脱他。

可能是因为我总会看到房子。人们所栖身的各种房子。窄巷里，窗口投射出黄白色光线。面目酷似的公寓笼子，相同的位置，安置着相同的马桶与床铺。春天去往郊区，那里有暗红色外墙、透露优裕之感的别墅。火车铁道边，闪过粗鄙但也算实用的工房。我一点儿没打算抒情，也反感我一向警惕的寓指，但的确，我会挺不痛快地想到半个世纪以前，特立尼达地区的毕司沃斯先生的旧房子。随之，一股凉丝丝的满足感，氧气一样，补充至机械跳动的心脏。

桑顿·怀尔德

真羡慕你还没有读过他

终于要写到怀尔德了。如果你没有读过，我可真羡慕你：你会有一段好时光的。

我一直留着他不讲，是担心我推荐不好，也是觉得他根本不应当还要推荐，同时也很惊异，的确好多人没有读过，虽然看简介就会明白他很牛，不过简介牛的作家多了：有的读下简介，或也就够了。怀尔德不能的，真的要仔细看。我手里的这两小册，译者是但汉松先生，译笔非常出色（他同时也是品钦研究专家，不过对品钦的大部头，我望风而逃，短的，正在谨慎考虑）。这两本小书的手感和封面都特别好，摆在桌子上能当装饰物，真希望我也有一本书能这么好看——尤其是读完全书，会重新发现封面绘图上的一些元素，正对应着内文中令人感触的细小之物。

先讲《我们的小镇》。这是桑顿·怀尔德最出名的代表剧作，收入美国中学的文学入门选读课本，此剧与他的另一剧作《九死一生》为他带来两次普利策戏剧奖，他亦成为美国戏剧史上与尤金·奥尼尔、阿瑟·米勒、田纳西·威廉斯并称的四大剧作家。《我们的小镇》前言里有一段挺周全的背景介绍，这一出“与众不同”的怪剧，如何从评价两端的初演，一步步到全球最受欢迎的重排经典等，叫人看得有点儿发笑。是的，像大多数课本读物一样，小学生读鲁迅，中学生读《我们的小镇》，那效果一定是昏昏然到麻木无感的。《我们的小镇》里的“信息”尤其考验接受者，大约在二十岁以前读，都会觉得贫乏或者古怪——

怀尔德以一个相当“不戏剧”“去戏剧”的方式写了这出戏，可能是借鉴了京剧、能剧等东方古典舞台风格（他本人跟随美国驻华总领事的父亲在中国念过一年书），这出戏的舞台背景与道具均简化到近乎无，并且最重头的演员也不是剧中人，而是一位叫作“舞台经理”的家伙（怀尔德本人也曾登台出演过这一角色），全剧差不多有五分之二的时间，都是他在那里搞独角戏，充当着类似画外音、打断剧情的暂停键或快进键、解说词、内心独白等功能，就连少得可怜的几样“道具”，也是通过他的指手画脚来“假定”——人力或物力，真的都很省钱——这或许也是那些业余剧团、学生剧团、实验剧团等一切穷剧团喜爱重排它的原因吧，当然这是玩笑话。要知道，怀尔德这样做，确乎是很自信很超前乃至激进的，那可是三十年代啊，他通过剧本里严格的“舞台提示”消减了人们关于戏剧舞台的各种规则与观剧期待。他让舞台上黑洞洞的，就算灯光打起，也只能照到空空的灰尘，以及由此而显得更加空空的舞台。

如果这只是“形式”冒犯，也不足称奇，随后的三幕剧里，怀尔德又提供了什么呢？

“什么都没有发生啊”，“太简单了”，“显得很过时啊”。这是八十年前观众的想法，大概到现在，观众（读者）还会这么想。的确，怀尔德“仅仅”就是写了小镇日常场景：小孩上学，医生出诊，奶工送奶，有人结婚，有人去外地，有人死去，等等。非常之简单，简单到在全世界重排的各版本中，可以很方便地进行因地制宜的本土化和年代化。比如，由台湾果陀剧场出品的《淡水小镇》版，即长演了二十六年之久不衰，蔡琴、张雨生、陶大伟等都曾担任过主演。

嗯，关于这本书本身，我发现很难通过复述来推荐，“什么都没有”倒真的很不好讲。但我坚信，只要你，有过少年与故乡，有过与父母的晚餐，有过爱与亲人的离去，你就会知道，这是一出写尽我们地球上所有角落与生活“本质”的剧——这听起来很夸张，但我读了三遍，还是这么想的。当然这要看跟谁比了，如果跟怀尔德本人相比的话，从高度抽象化的角度来看，我可能会更欣赏收入此书中的另一出独幕剧《漫长的圣诞晚餐》。

这是他更早期的一部作品，创作于1930年。从这里可以很清楚地看出怀尔德的戏剧观，他绝不给你来塑造什么“这一个”，赋予某个人物更多的个性与特质，使得我们能够记住并能够在人群中一下认出他（她）。反之，他是刻意要抽象和面目混沌的，你只需要大概知道，这是父亲，这是女儿，这是老人，这是婴儿，这是教徒或酗酒者，就够了。不需要经历与背景，怀尔德认为，人类在情感体验上，有一些基本的最大公约数的部分。所以，他才会那样轻松、游戏般地把一个家族九十年的历史高度浓缩到仅仅二十分钟的这一出独幕剧里：在同一个屋檐下，在同一张因节日而团聚的餐桌上，两边是象征着出生与死亡的上下台口，人们左进右出，在琐碎的日常对话与食物吞咽中，代际更迭——我们可以发现，《漫长的圣诞晚餐》与《我们的小镇》，在主旨上是一致或者说是接近的，就是生老病死，就是生活在本质上的流动，几乎没有情绪，几乎没有起伏。就好比《道德经》里那一句：道之出口，淡乎其无味，视之不足见，听之不足闻，用之不足既。

再说《圣路易斯雷大桥》，仅120页，从长度和复杂程度上讲，都较单薄，此书却入选美国现代图书馆“20世纪百本最杰出英文小说”，怀尔德并以此拿下1928年普利策小说奖，从而成为唯一同时获得普利策小说奖（一次）和戏剧奖（两次）的美国作家。小说以对一桩事故的简洁陈述开始：“1714年7月20日周五中午，全秘鲁最好的一座桥断了，五位旅者坠入桥下深谷。”这样的意外死亡，随便过去或将来的哪个世纪，每天都在上演对吧，所有痛苦的亲人们都会拍着胸口号叫：为什么是他（她）？而没有心肝的围观者们也会远远地发出安全的感喟：差一点儿啊，幸好我迟出门了十分钟。然后，一切也就差不多这么过去了，对吧。

不，怀尔德就从这个意外事故的结束之处，开始了他的故事。为什么是这五个倒霉蛋？他让书里的一位朱尼帕修士，怀着对宇宙、对上帝、对命运的全部尊敬，决定去一一调查那五位遇难者的过往故事，以追究这飞来厄运的谜底——偶然还是定数？救赎面目的报应？万劫之坠却如天使飞升？

这样的设定与追问，的确是怀尔德式的：他只对人类生而为人的根本性疑难有兴趣。生死之惑，这是永远锋利的悬剑，既躲不开也无法瞄准，因而似乎倒可以彻底放弃对它的追问：我们当中的大部分人都是这样做的，我们避开这个泥淖，我们更愿意去思考战争、权力、情爱、环境或随便什么一抓一大把并总是很肥硕的问题。但怀尔德恰恰就在这枯索无汁无空间的地方开始了他的小说。当然，请一百个放心，怀尔德首先还是作家，而非空谈哲学家，他接下来的全部工作都显现出一个杰出小说家的才华：对五个亡故者的生前还原非常美妙，借伪托真，分岔到爱情、才华、美貌、信仰、野心、妒忌、忠贞等若干主题，以略显古典风格的调性，再现了人与其生存状态的各种纠葛，那复杂又孤独的处境。

当然，你最好不要拿这本薄薄的书去与《百年孤独》之类的大部头相比，不是说比不过，这就好比拿云雀与鲸鱼相比——我并没有说谁是鲸鱼，因为这样的比较对二者都是不公平的。写作此书的怀尔德才三十出头，却已把握到普适困境中的永恒元素：人人心知肚明、最难写出，就算写出也依然是一团混沌的东西。这是自信而有力的写作者，他以一个精短的文本与若干年后的我们相遇，昏暗中交换那突然一闪、相互抚慰的目光。

在纽约举行的那场“9·11”罹难者追思会上，英国前首相托尼·布莱尔即选读了《圣路易斯雷大桥》的结尾：“很快我们就会死去，所有关于这五个人的记忆，都会随风而去。我们会被短暂地爱着，然后再被遗忘。但是有过这份爱即已足够；所有爱的冲动，都会回到产生这些冲动的爱里。甚至对于爱来说，记忆也并非不可或缺。”

玛格丽特·阿特伍德

使女盲刺客　别名格蕾斯

因为想说说因同名美剧大热而成为书榜新宠的阿特伍德《使女的故事》（1985年、中文版2017年），故又复读了一下早期译介至国内的《别名格蕾斯》（1996年、中文版1998年）、《盲刺客》（2000年、中文版2003年）。重读有点儿伤心。不独于阿特伍德，好多以前读得手不能释的书，重读都会失去最初的讶异感——故这篇荐读笔记，是新愁旧爱、风雨兼加的。

从卡夫卡文学奖、德国书业和平奖到全美书评人协会奖终身成就奖、布克奖等，有"加拿大文学女王"之称的阿特伍德就差一尊诺奖了；而近几年的诺奖提名人选中，她也一直是大热人选，包括爱丽丝·门罗获奖那一年，之后还有好事者撰文分析，"文学女王"为何会败给"短篇女王"？颇为阿特伍德叫屈。其具体分析我记不清了，大概是说，可能因为她近年来的长篇主题跨度较大，没有形成火力强攻、标识显著的文学场域，而门罗，你看，永远就是那种客厅与卧室的性别角力，但她做到了穷追不舍……固然，诺奖在公布颁奖词时，会侧重于称颂获奖者的“独特贡献”，但真的不可能因为写作者的庞杂而嫌弃一位写作者的。

阿特伍德真的“跨度太大”吗？从我此次新读或重读的这三本看，窃以为不然。或者不如干脆说就是相反。虽则小说主题与物化的附着各有延展，也常爱以未来科幻方式展开（如那本谈器官移植与病毒爆发的《羚羊与秧鸡》2004年译林版），阿特伍德的着力点其实相对集中：文明进程中的女性与女性问题——不管是后现代派、反乌托邦的《使女的故事》，十九世纪末保守道德背景下的《别名格蕾斯》，还是野心商业规则下的《盲刺客》，阿特伍德都强烈传递出她的文学化主张，女性问题的悲剧性源起与终极定位，都是：被物化。

比如《盲刺客》，整本小说有一个俄罗斯套娃般的精妙设置：大故事（一对落势贵族姐妹与大资本家的联姻悲剧）里套着死去妹妹的一本小说（小说虚构了一个以编故事来与逆反期少女调情的革命者），而在革命者的编造中，又建构了一个外星球的故事，直到这第三层故事里，才出现了书名《盲刺客》所指的盲人少年刺客，这位盲刺客与用作祭祀物的哑巴处女发生了改写疆域、撼动外星球的爱情。听起来仿佛有点儿绕是吧，读起来其实很清晰，阿特伍德的技术真的很老到。但同样清晰的，是这三层故事里都有的批判性“物化”指认，要么是一落地即为祭品的纯粹之物（哑巴处女），要么是物化功用下的自我催眠（逆反期少女），要么是以婚姻交换来拯救家族的被蒙蔽与被牺牲者（姐姐）。

到了《使女的故事》，则典型到别无余脉：基列国、大主教、夫人们、使女们、嬷嬷们、告密者等，几乎全是高度抽象之后的象征与寓指手法，尤其是这些被当作优生子宫提供者的“使女们”，阿特伍德几乎调用了环境、科技、遗传、生物、历史、宗教等各学科方向来设计和佐证她们的“物化”人设。其中所谓的“授精仪式”，不管是从美剧的宣传海报上看，还是从在全书中的笔墨着色来看，都是颇有创造与刺激意味的。但我得说实话，从阅读感受上来讲：《使女的故事》显得很不自然，这一系列的功能化设置，能明显看出是观念产物，为了服务本书旨意：对物质狂飙、环境崩塌、繁衍困境之后的倒逼性极权想象。道理我都懂，为这个道理所设计的故事我也懂，但我确实只是在看一个想象的寓指的故事……我看到有些推荐里把此书与《1984》并提，抱歉实在难以苟同。

相比而言，倒是取材于历史真实案件的《别名格蕾斯》，虽有忠实于报章史料的镣铐，但阿特伍德的这一出多角度三人舞颇有自由元素之美。书里同样是写女仆与使女（有三个之多，当然《使女的故事》更多），但这里的使女都具备了真正的血肉气息，她们身上，与爱、柔情和怜惜相关的部分，都是隐笔曲意；与恨与错误与杀戮相关的部分，则是正面强攻。这形成了很具伤害感的残酷对比——对一个女仆身份的十六岁女囚，阿特伍德的追问点不在她是否真的杀了主人，而在于她的无能力与无指望，在于她固化于女仆身份的缺陷与弱点。她就是不杀人也会被陷构成杀人的，她的命运只有被污辱与被损害。直到书的末尾，《别名格蕾斯》也没有交代，那桩影响恶劣、手法笨拙的三命血案中，她到底是主犯还是从犯。尽管读者可能会有阅读期待上的失落，但我觉得这是高明和有力量的处理。阿特伍德是喜欢开放结局的，《使女的故事》也是如此，但后者那个戛然而止、游鸿惊飞般的结局，很像美剧某一季的告终手法，你要是愿意，可以接着往下编，反正整个一大出《使女的故事》就是在编……这确实是一种技术，但技术并非总是带来力量。

说到技术，阿特伍德实可谓是高度自觉、教科书级别的选手。《盲刺客》的故事套嵌，很像一张有多个光源、同时又被多次曝光的高清图片，以高难度的把控增加了审美维度的丰富性。冯内古特和保罗·奥斯特也很喜欢这样的招数，前者如《冠军早餐》，后者如《神谕之夜》。但阿特伍德的心思更多，或者说，作为一个变戏法者，她可以同时抛出更多的彩球。

《盲刺客》里，她非常娴熟地运用了新闻报章体来助力，仅从章节标题上，我们就可以数出十五处以上的简报、学报、新闻、启事等的全文引摘。简洁、有效、信息丰富而反讽——妙在几乎全是反调，与事实大相径庭。到《使女的故事》，则是大量对《圣经》原文的加粗黑体或花体引用，从书名标题，到章节题记、主人公姓名、人物对话、场景描述、心理活动等，都可以看出直指宗教激进主义的精微化用。而到了《别名格蕾斯》，阿特伍德则把彩球换成了诗歌（以丁尼生的居多）、坊间儿歌、回忆录、采访笔录、书信引用等，比如书信吧，几乎有五分之一以上的章节就是纯然由书信构成，这些技术如此纯熟、以假乱真，真可以大赞一句“好刀法！”这大概也是十年前第一次读《别名格蕾斯》时我特别激爱的原因。惜乎时过境迁，对这样一种互文穿插的成熟技术，我现在已不那么喜欢了，怀着矛盾且伤心的心情。我现在钟情并追求着的是那种自然到仿佛没有使劲的文风，虽然这里大有风险与难度，它会像生活本身那样平缓、枯索，它需要敏感多汁的心灵去捕捉和呼应。

另外，此次集中读阿特伍德，还发现了一个以前没有感知的“特点”，她的文笔非常非常地女性化——这里的“女性化”，意思是有点儿啰唆、过分铺陈、枝枝蔓蔓，简直看得人直想快进。很抱歉，我没想到更客观、去性别的表达——阿特伍德可能会因为这个很不女权主义的指认而生气的：除了短暂担任过加拿大作协主席、国际笔会加拿大中心主席等职务外，她一直在国际女权运动中颇为活跃，从她最早的长篇《可以吃的女人》可以一眼看出这种“明台词”。莫非正是为了与女权主题相契合吗？阿特伍德非常擅长女主人公的自述式视角，《别名格蕾斯》与《盲刺客》中，虽则有着不同叙事人称的跳转穿插，但最主要的篇幅都留给了第一人称，于是乎，裙子的花边，树叶的颜色，路上的土坷垃，杂货店的下水道，等等，均以工笔呈现到没完没了。可以理解为这是古典主义、自然主义的“长篇传统”，类似的阅读体验我们会在狄更斯、左拉笔下，乃至美国当代作家乔纳森·弗兰岑的《纠正》《自由》里反复领教到，但有时真不能简单归结为文体传统或致敬经典。碎嘴就是碎嘴，就算可能是主人公性格或立场或气氛使然，也不应当让读者感到一种几乎是性别弱点般的拖泥带水。对不起，可能我这判断有点儿偏颇。但大概因为我本身也是女性写作者之故，有点儿排同心理。哪怕我实际上也写得啰里啰唆、女里女气。缺什么才喜欢什么，有什么才烦什么，可能确乎如此。

写到这里，小小地总结一下：想要加强对技术手法认知的写作者，可以参看阿特伍德的《盲刺客》；喜欢伤感主义与戏剧化享受的，荐读《别名格蕾斯》；对末世未来或极权寓指有兴趣的，可看《使女的故事》——我虽然不顾深浅地挑了一些毛病，但对于这位七十九岁高龄的阿特伍德女士，职业角度上看，毫无疑问，我饱含敬意。

库尔特·冯内古特

表白冯先生：他去往特拉法玛星球了

无论从哪个角度来说，冯内古特都是离我相当遥远的一位作家。人们常会这样，喜欢力有未逮、远在彼岸的异质。我喜欢他。《五号屠场》三遍。《冠军早餐》两遍。还追着找到他的短篇集子《看这儿，照相啦！》等，虽然后者不那么喜欢。三遍两遍，听上去一点儿不多，但对我这样一个狗熊掰棒子式的阅读者来说，已算一个了不起的记录了。

我读冯内古特，不是抱着学习的心态——写作者的阅读，总是难以排除职业化的索取意味的，眼神乱瞟，东摸西捏，多少能刮点下来才算完，结构？人称视角？对时间与空间的处理？等等——对冯内古特，我放弃了类似企图。一半愉快一半不甘的放弃。愉快的部分：可以回归到吞咽字纸的本初之乐，一心感受味蕾的颤动，而不计算蛋白质维生素或卡路里构成。不甘的部分，是有点儿拿冯内古特没办法。他走路的样子、说话的样子、突然一跳的花招，你都看得一清二楚，但想要模仿、碾压、超过吗？恐怕没门。那一定会很拙劣，破绽百出，摇摇晃晃。当然，也可以说，这摇晃正是冯内古特的特点，他的文本，有一种刻意又老实巴交的笨拙感，像一个身材高大的人背驮大山，高一脚低一脚，埋着身子、不见面目地在走，你明知他是有意如此，仍会为之感到心碎，感到压迫，感到黑色的血与疼。

读三遍，除了出于喜欢，还有一个有点儿惭愧的原因：不大记得牢。《五号屠场》，包括《冠军早餐》都不是以情节、戏剧与逻辑取胜的。他根本的出发点，大约正是要竭力避免这三者。这是冯内古特撕掉了5000页之后的结果。我相信，在那被他扔掉了的5000页里（5000页？我看了好几眼前言，这显然是一个典型的冯内古特式的数据），我们会满意地找到完整的情节、光滑的时间轴、有条不紊的逻辑。但冯内古特毫不留情、如弃破履似的抛弃掉了这些。

他竭力如此，他千方百计如此。

1944年12月，二十二岁的冯内古特被德军俘虏，送到德累斯顿当劳工，德累斯顿是德国古城，有大量传统的古老欧式建筑，当地既无驻军亦无军事基地，因此德国难民多集于此地，火车也在源源不断地送来各国俘虏，后者残损羸弱，饱经折磨，伤痕累累，满心以为会在德累斯顿获得短暂的喘息，能够像“人”那样地呼吸、吃东西、穿衣服、睡眠。冯内古特也是其中一个。

仅仅一个多月后，美英空军即对德累斯顿进行了“彻底清理”目的的大轰炸，三千吨炸药，十三万五千平民，是广岛原子弹轰炸死亡人数的两倍。冯内古特亲历了这场“欧洲史上的最大杀戮”。由于当时躲在一个早已停产的地下屠宰场（编号为五）里，他与其他少量美国俘虏、四位看守还有几挂屠宰过的整尸牲口，神迹般地躲过了大轰炸。灾难结束后，他们爬出地面，开始对炸得“如同月球表面”的城市进行收拾。所谓的收拾，也就是处理一个接一个、一个挨一个的巨大尸坑，在越来越浓郁的腐烂气息中……

这毁灭性的震撼，无论如何夸大都是不够的。二战后，冯内古特一直试图寻找到合适的方式来写下这次经历，由于美国官方一直封锁这一大轰炸的真实信息，也由于他发现他怎么也找不到更合适的表达，这一寻找过程，就是不断地撕毁他所写下的部分，这一撕毁动作，漫长而固执，持续了二十四年。

直到1969年，冯内古特才写出了《五号屠场》，并且，如我前面所说，他反情节，反戏剧，反逻辑。他压根就不想赋予这场大屠杀任何的前因后果，那会在不知不觉中让战争和恐怖事件具有可阐释性：这是他最不愿意干的。冯内古特在二十四年的苦苦寻找中，所能找到的最强硬的逻辑就是：关于一场大屠杀，是没有任何顺乎理智的话可说的。确立了这一重大原则之后，冯内古特先生也为他的《五号屠场》确立了最不可模仿，或也是最让人抓狂的冯氏风格——

他玩时间旅行。从头到尾都在故意捣乱，根本就不好好地讲故事。主人公比利只要眨个眼，打个盹，吐口唾沫，或洒几滴眼泪，就会随心所欲地在各个时间里弹荡跳绳。要是脾气不好耐心不够的读者，恐怕气得都要扔书了。

他搞科学幻想。毫不负责地设计了一个莫名其妙的特拉法玛星球，外星人把比利给掳走了，还让他在那里与一位年轻漂亮的女演员在透明装置里表演性爱乃至让后者怀孕生子，他简直就得到了在地球上不可能得到的天伦之乐。他在那个星球最了不起也是最幸福的发现就是：人的所谓死亡，从来都不是真正发生的，这只是此人的某个不太好的瞬间而已；与这个瞬间所并列的，是在另一个地方、另一种方式此人的继续存在。

他打破是非观念，毫无同情心，打破基本的条件反射与社会原则。比如，善人却有恶报。恶报只是搞笑。搞笑导致死亡。死亡却是愉快的永生。坏脾气的人，就算在前面能忍住，到这里，恐怕也会第二次想要发作，把书扔得更远！

但他在小说一开头就预报了这一切，提醒读者他将如何开头和结尾，并且他果真就这么毫无悬念、藐视读者感受地干了。他用词是那样地刻意单调，反向地折磨人的神经，每每到最愤怒最悲剧的高潮，他突然就会干巴巴地，仿佛是最无辜的鹦鹉似的来上这么一句，“事情就是这样”。整本小说，他用了一百多次“事情就是这样”。以至于所有那些悲惨的瞬间，都被蒙上了一层影绰的面纱，你看不到抽搐，看不到泪水，看不到破碎，看不到白骨。然后，因为这些看不见，你会在阅读中，感到巨大的羞愧，你无法直视和体会这个世界。你以为你跟比利一样，觉得事情就是这样的。

我有时想不明白，我为什么会喜欢冯内古特。我是历史盲，我不了解战争，我不是很幽默，我不看科幻小说，对外星人时间穿越之类的毫无兴趣……但为什么这些东西，被冯内古特糅在一起，在他这种抽风般的、与优雅相反的笔调下，就会混合成一种哀伤的魔力，一种尴尬般的软绵绵的力量。

译林社所出的《冠军早餐/囚鸟》，是冯内古特七十年代的作品，他这回没有再写战争了，他直接写当下的物质主义，他明确地意识到，在和平年代，能够像大爆炸一样全视野范围地毁灭所有人，并且同样能够摧毁得面目全非的，正是该死的物质主义。哈，当然，物质主义同时也是华丽和万能的，是社会与人类不断文明进步的伟大引擎——我很喜欢他找到的这个假想敌。

显然，冯内古特对于他自己的风格，有着孩子般的自信和自恋。他跟对待战争一模一样，用同样的武器瞄准了物质主义——星球假想、科幻小说、极不负责任的放肆搞笑，在这两本完全不同的作品里，他写到了同一位科幻作家，连名字都懒得换，《冠军早餐》跟《五号屠场》里一样，都还是叫基尔戈·特劳特，真是要让读者气得哈哈大笑——然而，通读之后却又证明，这一套火力，是老而弥坚、老而有效的。在咏叹调、大合唱、野心史诗、浅唱吟哦、梦境呓语等众声喧哗的文学长廊里，冯内古特再次以后现代的沙哑烟嗓子赢得了他独特的回声。

谁又知道烟嗓子的背后呢，得吞下森林那样多的劣质烟吧。毫无疑问，冯内古特先生所贡献的，这独一无二、笨拙到浑然天成的幽默，其唯一且必然的源头，是艰辛与残酷。

他少年时代父亲失业，母亲自杀，由于家庭出身是德裔背景，故他在二战中一直处于尴尬境地，他代表美国参战尔后被德国俘虏，然后亲历美国制造的大轰炸，等等。他像挖地洞一样，从黑乎乎的曲里拐弯的生活里，找到了幽默这么个玩意儿，像一件有点儿松垮的外套，他把幽默给套在了身上，一套上去，从此就再也没有脱下。在2006年出版的《没有国家的人》中，八十四岁的冯内古特用不少篇幅讲述他的晚年，因幽默“细胞”丧失而产生的大苦。他承认，“逗人发笑，他妈的是一件费力的活计”，他感到非常疲倦了，他承认他是“彻底的悲观主义者”，幽默再也不起作用了。

一年后，2007年4月，冯内古特去世。不，我的所爱，他去特拉法玛星球了。

安妮·普鲁

来自纽芬兰岛的极寒秘讯

安妮·普鲁的《船讯》，连这一次，是第三次读它了。仍然读得那么投入和激动人心。火车上，疲劳中，心绪不宁，都丝毫不影响，甚而进一步强化着它所带来的慰藉，以及对安妮·普鲁这一高段位专业选手的莫大叹服。由于是第三遍，所以我对这本书所想谈的可能会侧重技术层面，这可能有些违背阅读本意，但《船讯》实在堪称是老熟、用心的范本之作。具体情节我不做介绍了，主要是为了尊重您将来可能开始的阅读。

安妮·普鲁需要介绍吗。得过普利策奖和美国国家图书奖（皆是《船讯》），还有福克纳奖、薇拉文学奖等，但都不如讲一句——《断背山》原著作者，这样的话，所有人都会点头了。《船讯》不是新书，译者马爱农早在1998年翻译进来了，到目前为止，已有三个中文版本（作家社一种、人文社两种），而安妮·普鲁写作此书的年份，则要推到1993年，比《断背山》早四年。那一年，她五十八岁。想到她到五十八岁写下此书，此后又陆续写下《手风琴罪案》、《近距离：怀俄明故事》（即《断背山》）和《老谋深算》，到最末这本，已经六十七岁了。六十七岁啊，我不由地就有了跟我其实也没什么关系的激动之情：只要有种、有料、有本事，一个作家真的能写到很老啊。刚刚以八十五岁高龄离开的罗斯，也是到七十九岁才正式宣布封笔的。当然这是题外话。

还有一句题外话，《船讯》也被改编成电影了，亦名《航运新闻》，主演是我特别喜欢的凯文·史派西，哈哈，看演总统的家伙如何演口齿不清的窝囊废，演技逼人。篇幅所限，这里不展开。

还是说回本书。其实《船讯》几乎都可以换一个书名——《绳结》，绝不是因为书里每一章的开头都讲了一种来自《阿什利绳结大全》的某一绳结的打法，而是全书的气质与走向，非常像在搓麻绳、打绳结。普鲁女士把故事发生的自然地域背景，主人公职业、生活、爱、死亡等要素，两两交缠，或几股子相拧，给打成了一种“阿什利绳结”，似松实紧，越抽越紧，但又会在某个节点卡住，再一用力，从最紧到滑脱，获得奇异的松，再恢复成海面一般的平静，成为几条仿佛什么恩怨什么纠葛也没有发生过的绳子。但那只是表面。有经验的水手、了不起的写作者，都会在绳索上，摸索到所有那些曾经打过结的粗糙与阻隔之处。那些，是受难也是馈赠。

不抒情了，想说的其实是，安妮·普鲁的这几根绳子，本身就有异处。绳子一：地理与气候。小说故事的主要发生地是纽芬兰岛，布鲁克林大都会只是“别处”和“来处”，这一主战场，为极寒凶残气候，那些频繁造访、从不空手离开的风暴，总会顺手卷走房屋、船只与亲人。这条绳子非常之粗壮，几乎控制了整个故事的色调与温度，控制了当地人对生活和生命的态度与力度，其粗糙与凛冽，以及其对温存与爱的巨大渴求，成为整个小说极为吸引人的异相所在。

绳子二：稍细，但同样极出色。即小说人物所涉及或置身的行业或领域。乍一听似乎也没什么：一是在整个小镇占绝对主流的渔民与渔业（正在式微但依然腥味十足），二是地方小报的几个职员（趣味促狭乃至有点儿迎合和引导下流之道：在头版刊登惨烈灾难照片，如没有发生也用库存照片来填版面；长期编造各类性猥琐案件，并加上诸多绘音绘形的细节描写），或可再加上姑妈所从事的船舶装潢业。差不多就是这样，看看普鲁是怎么写的：仿佛她真的在这个小镇呆了大半辈子。比如，她里面写到失业者与政府打交道的回环式过程，写到造船老手如何选木头，写到剥海豹皮的全过程，写到小镇圣诞晚会上的某场讽刺表演，写到初次开船的奎尔遇险落海，写到老人比利在浓雾中驶过暗礁的漫长过程，等等。我敢打赌，这些绝非“百度经验”，译者马爱农也在译后记里介绍到，为此，普鲁女士数度前往纽芬兰海岸，并在那里长久逗留。这可不就是“蹲点采风”或“体验生活”嘛——这么一讲好像很搞笑很解构，大部分人都有点儿瞧不上这两个词，觉得土极了，蠢极了。生活，哼，谁不是活生生地浸泡在里头，还需要体验什么，蹲什么？其实还可以看看普鲁那部名声远扬的《断背山》，其对牛仔生活的独特笔致，也绝不会是问几个朋友，找几个链接就能应付完事了的写法。因此还是转为一本正经吧，从安妮·普鲁在本书中有关区域地理和行业专业之原貌再现的这种功夫，来反躬自照我们的写作。

一个前提是“现实主义”，这里不涉及先锋、魔幻、现代、科幻等。当然，我们顺便也可以发现，这些流派或风格上的代谢，是一步步在背弃和抛却对“现实”和“真实”的依赖，这是写作者们的自我解放路径，并由此派生和创造出了新的审美，这里不去岔开。新的归新的，但古典调性的现实风格仍然老而弥坚，并常能让人们为之叹服。由此，重新讨论我们对现实绳索或基石的建立，总是有当下意义的。

这方面，作为一个在途的写作者，我也有点儿体会。写作中，不管用什么流派或主义，总不会是一直飞的鸟，总要在地面或枝头或石上歇一下，换口气，这个时候，你会清楚地知道，你哪里腿软或脚虚。纵然你有许多高级或低级的手腕来掩饰这些（比如梦境呓语、蒙太奇跳转、第三者转述、把日历强行翻过），但心里你比谁都清楚：这种场景或领域，真不太熟。算了，不如换个行当，换个地点，换个城市……。于是我们会在我们的小说里，看到一大堆含含糊糊、亦此亦彼的人物。中年妇女是一样的，老男人是一样的，性苦闷是一样的，城里的月光是一样的。我们还美其名为普遍性、典型化、概括化，东处鼻子西处耳朵，等等。更不用说，心理学上有个词，叫“共情”，常被大家奉为至上，“是的，我不太了解那个行业，但我了解人性里的沟沟壑壑，这些都是共通的嘛。写作就是达到一种‘共情’……”。这有时成立，有时就是歪理——万能的虚构者怎么样都可以自圆其说，总之你不能拿“真实”来镣铐文学，尽管事实上可能只是因为我们手里还没有足以形成特有情境的结实原材料。

谈完安妮·普鲁的几根粗大绳子，再来谈一下这本书里的主人公，一个失败者以及他周围的一群失败者。在二十五年前也算独帜之举吧，现在提起来已经没什么了，在当下，包括我和我的同行，可以排出一大溜名字和作品，以“失败者”“破落者”“畸零人”作为主人公，似乎有点儿从小道而大道乃至“文学性正确”的潮流之趋。比如说，两部作品，一部是残败者负重者苦痛者，另一部是中产者得利者油光水亮者，那么常常会被这样认为：前者是文学意味的、深刻的、值得传播和分析的，是有眼光和立场的。而上流、主流与中流者，啧，能有什么像样的痛苦与沉沦呢，那是温室花朵之无病之吟，是不配、压根不具备文学性的。就算有吧，最多是盖茨比式的繁华中的落寞与反讽，有那么一两部也就足够了。从文学路径或捷径上讲，我们更看重、更愿意选择从污浊和深渊中去搅拌和凝望，把苦哈哈的叹息般的文学再往苦痛与叹息的纵深里推入一千米。

上述也不是说不对。我想说的是：就算在某一个阶段，尤其整个社会大多数人把成功当显学的背景之下，文学来做失败者的强力代言，为其书写，或也是应有之义的伸张与调整，但这里恐怕有两个问题：对某一方向的有意着力，不应当就意味着对另一种方向的排斥和忽略，就比如相当轻捷地信口批评“中产阶级写作”一样，起码这是一个需要谨慎思考、多维度观察的话题。其二，失败者叙事的格调。苦中作乐、向往美好是投靠主旋律的；咸鱼翻身、自我成长是肤浅励志的；丧，进一步地丧，稍许深刻一些了；而若能索性万劫不复、坠入深渊，不错，是社会学与心理学意义的探索与刺探了，值得赞上一笔……这是不是我们长期以来习焉不察的一种文学逻辑？看《船讯》时，我会不断想到这些问题，普鲁女士谋划过什么策略了吗？

举一个小例子，《船讯》里写到一位想离开这个封闭、衰落小镇的小报记者（男三号男四号了，并不特别重要的角色），他准备了很久，现钞上、货物的准备上、小船的整修上、心理的自我建设上、对周围人群的反复宣讲上等（上述都写得不夸张，就偶尔提一下），但在送别狂欢聚会上，一群哥们儿喝得兴起，把他装满了食物与装备的小船就砍成两半，沉入海底，并由此引发一串麻烦。第二天，所有的人，包括那个“可怜的”走不了的家伙，大家坐在岸边，相互解释和惋惜了一通，然后普鲁女士花费相当的篇目，由着众人七嘴八舌、热情洋溢地谈起鱼排、海豹、小虾、蟹等的不同做法，感到所有人口水都要掉下来似的。我非常喜欢这似乎冗长、过分详尽的一大笔，读到这里，就觉得牛。那往往正是人们在变故、意外、懊恼中常常会这么不近情理又自然而然的行为与对话，一种对生活本身依然有着爱恋与倚靠的笨拙本能。这是文学策略还是人性策略？是线性的还是绳结式的？越拉越紧的结，还是最终会松开的结？

上述例子还只是发生在一个所谓配角身上的，以此类观，你还会发现，普鲁笔下人物，不论主角、配角，老人、小孩，死去的妻子、现在的恋人等，确乎都有一种等量齐观、笔墨匀停的“兼爱”之法，看起来特别地舒服妥当，实可谓是一种“人人生而平等”的角色观。

写到这里，发此一问，主要是喝问自己吧：我们到底该从什么角度，以及如何去定义和书写小说里的失败者（群），或者作为所谓对立面的另一类人？此与彼真的有对立性站位？有轻重高下？这大概早已不是写作技术问题了，是艺术对审美对象的伦理与文明化程度的问题。

本来还想谈下普鲁女士的语言，因是翻译作品，这样谈来可能不太科学。其实马爱农的译后记里也特地谈到普鲁的语言风格。我的观后感是：去性别化、轻松、准确，尤其是各种绝妙和贴切的比喻，多处令我“拍案称奇”，当然，马爱农的翻译厥功甚伟——顺便说下，她是我乡党，金陵人氏，除了译有多部文学作品外，同时也是《哈利·波特》系列作品的译者。

克拉斯诺霍尔卡伊·拉斯洛

我替你把这本“难读”的书读了

刚刚过去这一年的好书榜单上，外国文学部分，两本书频中并居高位：一本是蕾拉·斯利玛尼的《温柔之歌》，另一本是匈牙利作家、曼布克国际奖得主克拉斯诺霍尔卡伊·拉斯洛（这位作家的名字有点儿长吧）的《撒旦探戈》。

《温柔之歌》是2016年的龚古尔奖获奖作品，作家是1981年生人，龚古尔奖目前最年轻得主，在法国本土销量已冲到六十万，并被译介到四十余国，在中国自然也是大热。差不多在这本书引进前后，内地新闻上爆出好几起保姆案件，杭州大火、电梯虐童等，可能也为这本书带来更多关注——通俗版梗概：《温柔之歌》写的就是一个表面上非常能干、和气、无微不至的保姆，最终却对雇主家的两个孩子下了毒手……小说不复杂，也不刻意隐喻，有点儿社会学意义上的阶层隔阂折射，也有点儿女性独立与种族困境，还有中年境遇与生存压迫，等等，乍一看并不是令人惊艳的审美创造性小说。但也许正由于这种毫不刻意、野心隐匿的写作态度，使得全书读来就事论事、相当轻松，而关于残酷生活的源头、关于不动声色但非如此不可的绝望、关于生命个体的无助困境等复杂的余味，要到读完全书才会层层涌现。

想起前不久听一位前辈讨论小说，谈到麦克尤恩的《阿姆斯特丹》时，他提到一个说法，叫“本质化写作”，是相对于我们常常爱讲“厚重派”“历史化”的宏大写法而提出来的。《温柔之歌》当也属于“本质化写作”吧：仿佛谦逊、简洁，但追究最黑暗无情的核心。不讲这些了，打住。我想说的是，《温柔之歌》这本书，是相当容易进入的，屡屡上榜或大卖也不足为奇。今天我其实重点想讲的是另一本：《撒旦探戈》。从目前的资料来看，引进到中国的出版方态度比较神秘，一直没有透露过销量啊译本数啊等类似细节，我猜是不大好说吧。绝大多数的阅读者似乎是在作家、诗人、译者、研究者、批评家、艺术电影人这样一个不太大的圈子里流通。

为何？无它，这真的是一本很“难读”的书。

连这本书自己的书腰都这么说了：“把现实检验到癫狂，挑战极限阅读体验。”我要证明，这次的书腰不能算是吹牛了。我有少数几个同行晒了他们的阅读，并表示激爱，有一位甚至认为简直超过《百年孤独》。类似的赞美，也来自知识分子女神桑塔格，她说过，“拉斯洛是能与果戈理和梅尔维尔相提并论的当代启示录大师”。当然也有性格比较耿直的友人，打开看了几页，就决定抛到一边不再碰：我这是何苦来呢，干吗要找这个罪来受？谁爱看谁看去！

这本繁复、暗黑、铺陈、跳跃得如同“地狱参观指南”的巨制成为翻译界人人侧目的“高难度”项目，甚至连译者余泽民最终也在前言里大吐苦水，称为“噩梦一般”的翻译经历，他一译完全稿，就几乎是愤怒地当然也是告饶般地立即扔给了国内的编辑，“现在我真想跺脚、喊叫、砸东西、摔书，再也不想看到它！如果再看到这本书，如果这本书再多出哪怕十几页”，他极有可能马上就要神经崩溃发起疯来了，简直就是一场虐恋。

什么样的书能让译者余泽民发疯啊，发疯又为什么要译呢。关于译者，这里我要岔开来写，稍微多写两句。因为，怎么说呢，阅读者对外国图书引进者、译者的感激之情，是怎么表达都不为过的。尤其对写作者而言，对全球范围内不论经典还是新作的汲取与观照，更是不可忽视的重要成长途径。日常交往中，如果碰到译者，我都会显得有点儿絮叨地反复表达这一点。当然，像任何一个领域一样，翻译家也有各自的特质与专擅，其中最佳类型是眼光、技术、勤奋的复合叠加。余泽民先生当属此类，并可谓是匈牙利文学进入中国的功勋译者。前前后后，我陆续读过他翻译的《宁静海》《垃圾日》《赫拉巴尔之书》等译作，还有排在后面打算读的凯尔泰斯的《英国旗》《船夫日记》《另一个人》，艾斯特哈兹的《一个女人》等，这里不谈。

……抱歉话题似乎有点儿扯远。但或者仍在话题之内。一个国度的文学作品，一定会是千百种面孔，远方的人们常常只能窥其一二。但推广者的视野则要广阔和庞杂得多，他的筛选与推荐，是如此重大，仿佛又如此主观和偶然，从事后的、旁观的、历史长河的角度来看，这简直就是具有某种“危险”乃至“惊悚”意味的工作。我简直不敢想象，如果译者的眼光发生某种倦怠与偏移，或者考虑到某位作家的趣味是否时过境迁，或者它的体量是否太过巨大，等等吧，随便哪一个小小的齿轮发生失误，那我们会错失多少像拉斯洛这样的大师及其文本啊。从这个角度而言，世界范围内各语种的经典，其诞生与传播，真的都是一条条布满陷阱、荆棘与岔道的漫长道路。

话说回《撒旦探戈》，事实上，这不仅是一本翻译领域里几乎人人绕道而走的难啃天书，就算改成电影——匈牙利大牌导演贝拉·塔尔曾据这本小说改编成一部长达七个半小时的黑白电影——也最终少人看完，从而成为电影史上“没有人看完但非常出名”的片子。所以，不管是在文学界、翻译界还是电影界，这都是一本，说好听点是“伟大的奇迹”，说直白点真是令人闻之色变的荒秃秃的高山般的存在吧。

可能正是被这本书的“恶名”所挑动，有如一道分值极高的附加题，出于强迫症阅读患者的征服之欲，我开读了，轻贱和不计成本地投入时间、精力与目力。不过，不过，我惊喜当然也夹杂着失望地发现：不难读啊，这哪里难读啊，不比《万有引力之虹》《傅科摆》好读一百倍嘛。抄几小段，你们自己感觉、判断下：

> ……沉浸在波涛汹涌的时间里，他冷静地意识到自己像斑点一样渺小的存在：他看到自己毫无防卫、无可奈何地像受难者一样站在这个滚动的地球上，他的出生与死亡的弧线脆弱地呈现在惊涛翻卷的大海与雄壮崛起的山峦之间喑哑无声的激战中……（《撒旦探戈》p.80）
>
> 也许，这只不过是他经过长达多年、令人疲惫的工作而获得的某种能力，能够从轰隆的雷声里听到那些在某种程度上保存在时间中的过去的哀号（“痛苦不会不留痕迹地彻底消失。”他暗自

希望。)，现在，就像雨水击打尘埃。这时候，他突然听到了其他的声音，听到呻吟、哽咽、失声的人的抽噎，紧接着，听到撕心裂肺、痛苦欲绝的哭泣——仿佛将屋外挺拔的树木和房屋变成了斑点——时而清晰，时而跟倾盆而下的单调雨声混杂到一起。“宇宙日益衰败。”他在他的日记本里写道……（《撒旦探戈》p.82）

“我们降生到一个周围都被拦挡起来的世界里，一个猪圈里，”他想，他的脑袋始终在嗡鸣，“就像那些在自己的秽物里打滚的猪，我们自己也不知道自己围着乳头钻挤的结果会是什么，为什么要在通往食槽的窄道上没完没了地短兵相接，或在黄昏时分为睡觉的铺位拼命争抢。”他系上裤扣，朝旁边走了两步，为了能躲开树枝更痛快地淋雨。“洗一洗我的老骨头吧！”他苦涩地嘟囔，“好好地洗洗，因为这副衰老的臭皮囊已经熬不了更久了。”（《撒旦探戈》p.194）

嗯，抄书到此为止。怎么样，并不太难读对不对？多么有力量的气氛啊，仿佛我们都跟着里面的主人公，在阴雨连绵里拖沓不堪，在猪圈里打滚，在错觉中咒骂中，在昏沉中等待宇宙末日——就我本人而言，我喜欢这几乎是肮脏无序的画面，有某种粗粝的养分，尤其对长期以来那些过分滑溜的阅读经验来说。因此，仅仅从阅读角度来说，并不能算太“难读”。

但《撒旦探戈》的诡异之处在于，这种“气氛性”而非“情节性”的行文，密度非常之大，大到后一个精彩迅速覆盖了前一个精彩，遗忘和摧毁式的碾压，这样的结果就是：不管你读得是否顺溜，是否认真，是否心有所动（如我），或是否瞌睡过去（如我，发生过两次，在阅读中昏昏睡去，怪舒服的），在几页或几段的阅读之后，你并不能像通常情况下那样，看到戏剧推进、性格呈现或人物关系的扭转。

可以打个比方来说吧。这本书，提供的就是布料、布料本身，特别高级、细致，包含一切现代性技术与复合色泽，这料子精美得像蓝孔雀翎，像巨鲸的黑背，像鸽子脖颈处的细腻绒毛。但作家并没有特别用心地拿这块料子来量体裁衣，或者说，他觉得穿不穿衣服，或什么样式的衣服根本不必考虑，读者可以去自行组合，自行发挥，他给你一个大概的含混的手势就差不多了……这跟《温柔之歌》的阅读体验绝对是天壤之别——把这两本书做比较，对它们二者显然都不公平。这实际上也是不同作家差异极大的风格追求。故事还是故事的反面，斑斓歧义还是专注深入，读者界面友好还是反阅读期待，尊重人物的世俗逻辑还是以冷酷的反叛意志去统治……这就像两种“美人”，其性格、语速、骨骼大小、眼眸的颜色，都是造物主从胚胎与发育阶段就精心设计和构造而来的。它们都是造物主的巨大荣光。

因此，对于难读到可谓“声名狼藉”的《撒旦探戈》，我的结论基本就是这样：

1. 作为一个成熟的读者，若干年的阅读经验下，你显然应当大体知道自己的趣味与胃口，什么类型的读物会让你有所触动。

2. 对“路径依赖”的选择。你是想一如既往地喜欢你原来喜欢过的那一类型，还是想尝试下不同的可能？

3. 更进一步地说，如果你是一位有志于写作的家伙，这本庞然推进、四顾无人、黏黏糊糊、有如末日呈现的面貌，是有独特滋养的，会有助你的强健。更不用说它回环式的结构设置，以撒旦之名对人生苦境的垂怜与抚摸，带着充沛的愤怒与更为充沛的慰藉之泉。

4. 或者不是上述情况，您从来无意写作，您下班很累了，只是想看本书休息一下，与自我独处，让脑子在愉悦中移位至虚构。那我要诚心诚意地拦住你，建议你像我那位特别耿直的朋友一样，扔到一边去！随便看本别的好了。比如就看《温柔之歌》吧。

萧红

时间秤

艺术的高下优劣，其实只有一个衡量标准：时间。时间这杆秤是天地间最宏阔且又是最精准的。以它来度量苍莽长河或是当下一瞬，度量古人、前辈或是此际的你我他，一切莫不了然，莫不心平气和，顿去骄躁二字。

诚然，以萧红在世上停留的长度，不过只能算是颗流星，可她在宇宙间划下的轨迹，却是又深又狠又特别，其笔下，有最小的小与最大的大，有血肉与浊泪，却又天真、大方，看得人心慌。

三十一岁的她，加一部《呼兰河传》，放在时间秤的那一边，是压得住的，倏忽百年，她或将可以一直压下去，不论时间累加了多少，甚或宇宙都成为一个黑洞。

每次想要写她，却基本上都难以成文，因为写之前，都想着，翻一翻再写吧，可真正一翻，三分钟过去，三十分钟过去，越看就越不想写了。她都已经写成这样了，还再写什么呢。除非你大段大段引用她，照抄她，摘录她，甚或就是搬上她的原文。

这里面，似乎有一个很捉弄人、很为难人的悖论：一个好的东西，它是那么的好，让我们想要由衷地去赞美、传播；但如果这个好的程度，超过了我们，覆盖了我们——我们再去赞美它，则又是有风险的，也是难以把握的。

但是，已经一百年了，她来到这个世上，照我们文艺界的风气，这是大日子，必须大操办。纪念她、回顾她、放大她，是责任与义务，亦是时令之需，而现代人的智慧都是特别识时务的。于是，在一种不确定的裹挟感中，试着写她……

可是，唉，她真的还是个十分十分年轻的人，比我们所有这些老着脸皮在写东西的人都年轻许多！就跟我们的八零后差不多呢。

可是。

她二十三岁写成《生死场》（正式出版为次年），二十八岁上写的《回忆鲁迅先生》，二十九岁写了《呼兰河传》，三十岁是《小城三月》。

这么算一算、比一比，我们就好像全都没有活过，或者说，迄今为止，我们还是在写标点符号，字都还没写出来呢。

最近碰到一个前辈，他问了问我的创作，然后半开玩笑地说，嗯，四十岁以前还没有写出成名作的，恐怕也就没什么成名作了。当时好像还不以为然的，面上无所谓地笑笑。可回家来一想，即刻浑身是汗，几天都难以释怀，感到时间的残酷，感到为灵感所奴役的悲剧性。

从这个角度而言，对萧红，我的感受是复杂的。说羡慕或妒忌都不合适，也不准确，不如勉强说是拍案称奇：她的身世，她的文学，她的情爱，她的生死，这是绝对不可复制、不可模拟的宿命！

尤其是她的死，恐怕所有的人都为之难以释怀吧，何以，竟在三十一岁上就死了？以一个在当时并不算是大恶疾的肺结核，在医疗还算先进的香港，并有史沫莱特、柳亚子、端木蕻良、骆宾基等人的关照或张罗，却偏偏遭遇庸医误诊、医院冷淡、转院不力、战争纷乱等殊情，像是不同方向收紧的绳索，最终将她合力致死！

可是，甘冒冷酷心肠的名声，我要说一句：甚或她这样凄惨的离世，也让我称奇，并以为这是最恰当的——似乎，老天爷也暗中考量过了，都已经写出了《呼兰河传》与《回忆鲁迅先生》了！比起那许多耄耋之年的写字人，她的生命好像竟已经是够了的！

不免想到艺术生命与俗世生命间的乖张敌意。

美满平静、寿终正寝的人生，与灵感奇崛、撼动心灵的艺术，似乎是不兼容、不调和的。想到海明威、舒尔茨、梵高、奥康纳……他们残败惨烈的人生具有那样高的审美性，似乎正是便于大众在阅读与景仰时施以深长的叹息和感慨……

还是说萧红，说她艺术时间之长与俗世时间之瞬。

……然而，我们能不能做一种假设。

假设萧红竟没有死，她竟从那家红十字会临时医院里给抢救过来，她健康起来，在战争中幸存，并一直活下去，活到了抗战胜利，继而又活过了国内战争，随后又历经种种的政治变幻，并侥幸地奇迹般地九死一生，并且，像许多少时苦但老来寿的人一样，她顽强地活到了八十年代、九十年代、新世纪……

就那么的，她一直活着，还在写她的东北，写那片土地上绵延不绝的难与黑。也许不了，她写香港，写上海。也许她写她自己，写她曾有的爱与将至的爱，写她死去的孩子或新生的孩子。写她不认识的其他的中国人，写中国人后来这六十年的新“生死场”。又说不定，她去了他国异域，在更遥远的地方，写着她随便想写的什么，她会像是杜拉斯或是莱辛，就算到了晚年，仍用着她最自由最天性最神奇的笔触，追踪世情的苍茫与酷烈——要知道，萧红是个有文学野心的人，她自己在绝笔时甚至写下这么一句："留下那半部《红楼》给别人写了……" 这当是虚指，但也可视作她的自我期许！

这么一想，马上又要推翻刚才的"拍案称奇"了，忽然感到巨大的丢失感，丢了贵重东西的心悸感——要是她还在，以她二十八九岁时的才情，做一个线性的逻辑类推，想想看，我们的小说史、我们的阅读史、我们中国的文学箱子，乃至世界的文学箱子，丢了多大多贵重的一份好东西啊！

当然，也不是没有可能，她后来没有再写了。历史，总是最为喜怒无常、不讲道理的，有太多的可能性——或许她忽然就索然了、想搁笔了，可能她不得不过起另一种生活了，也可能她竟完全地写不出来了。我们知道沈从文的，知道丁玲的，知道曹禺的。也或者，她选择完全地成为一个家庭里的母亲了。也或者，随便她怎么样、写了什么或不写什么，到后面，她将被供起来、抬上去了，"被"做起了世纪老人、文学祖母，等等，也未可知。

这能够接受，能够想象吗。

故而，从审美上看，从人性与世情上看，她那样的戛然而止，于萧红，于文学，于观者，于评者，于历史，可能倒算是好的。

查了查以前的日记，发现我是在八年前才看的萧红，在个人的阅读中，其所占比重实在是小，受她多少影响，或也谈不上。

但好东西就是这样，随时可以看，随时看都不迟。在不同的时间，在不同的年纪上看它，它自有它不同的意思。

话题就又回到了时间。在时间这里，萧红的红，是不褪色的。

辑二　维生素

一把维生素

打开的书，如果倒扣着放，特别像乡下老瓦房的屋檐，令人生出藏逸遁形之心，似乎可以变得小小的，寄身其下，看风雨飘摇，殊觉安稳——倏忽多年，我呆在它的下面，施施然在世间流连。偶然回头一瞧，发现从来没有别一样东西，可以让我贪念这么久这么深；或者也是自己太弱，亦太苛求，寻来觅去，只有这书，是可以作为庇护之所的。

有时候，对形式的爱好甚至已大过内容。每至焦惶不安、难以度挨之时，栏杆拍遍无人会，便摸出一本书，翻开，但不见得看，我只是想在它面前坐一会儿，做出一种阅读的姿态，像进入一个透明但密封的钟形罩，我要以此与这混乱的生活隔绝一会儿，一会儿就可以。这对我太重要了，是独一无二的解救与清洗。

想起一个巧合，我妈妈给我取的乳名，就叫作“燕子”，原来，从襁褓中就开始了，我在白天光里飞来飞去、到处停留，但至夜间，我不能择枝而栖，而必要寻找一处僻静幽暗的书檐，在那里歇下，得以将息，并图次日振羽云间。

当然作家的阅读，往往有功利化的嫌疑，以致沦为写作的附庸，正所谓“欲做唐诗，须得熟读”，这种投入与产出、上游与下游般的推断虽然略显粗鄙，但谁又能完全否认这一点呢。任何一个作家，在阅读中，他的职业身份都在不自觉中指手画脚，做比较文学、做文体批评、做作家论……也许有人欣赏这种雅趣，但说真的，我感到有些对不起那些书，因为我没有能够更纯粹更享乐地读它们。

可正因为此，阅读对我的功效，已从精神世界作用到物质空间。在各种不同的情形下，书是兴奋剂，是去痛片，或是安眠药，它总能把我带到最需要的心境，如同封闭的钟形罩或自由的飞毯。不管是狂风暴雨或平静如镜，它是我每日必不可少的维生素，我可以信赖地终身服用。

那么，就如同孔乙己排出他的大铜钱，我也数出一小把维生素片吧，虽则赤橙黄蓝，但貌不惊人，体小量轻，如同维B、维D，可你也知道，维持生命的基本元素本来便是如此。

中国作家在写当代生活时，似乎下笔极为谨慎，前辈们仍然更愿意把日历往前翻上四十年。我在阅读中，也会特别留意外国小说家在当代书写上的有效突破。下面列举二三。

《自由》。作家乔纳森·弗兰岑被奉为“经典”与“伟大”的当代作家，因为《自由》一书，成为十年来唯一登上《时代》封面的美国作家，媒体盛誉此书为“世纪小说”“年度书选NO.1”等，甚至时任总统的奥巴马也急不可耐地在该书出版前“抢先阅读”，却又引发民众不满，认为他滥用总统特权。当然这也许只是一种宣传策略。无论如何，《自由》一书首先具有物理意义上的厚——四厘米还多一点儿，绝对像砖头，本以为这会令大多数读者望而生畏，显然，这想法悲观了：我从当当订到的货，已是短短六个月内第三次印刷的版。

《自由》的写法并未故作奇巧，我喜欢这种朴素而结结实实的姿态。小说的战线虽然拉得挺长，人物也够多，其实也只是以一个中产阶级之家为核心：帕蒂与沃尔特及其一对子女，并外延到这对夫妇各自成长的家庭、成长中的困境、婚前婚后所遭遇到的其他两性关系。当然，还有理查德，他们的终身好友，一位忽而拉风忽而低迷的非主流歌手，常青藤似的长期缠绕着他们的婚姻。不过，弗兰岑所写的可不仅仅是忠诚、背叛、误解、激情与性等。事实上，他有点儿老巴尔扎克式的时代画卷的意思，但凡主流传媒所关心的主题，他似乎全都拉到了笔下：环保激进主义、反战情绪、经济衰退、民主共和两党之别、动物保护、环境恶化、军火腐败、能源黑幕、抑郁症与酗酒症、小城郊区退守主义、反消费潮流等，无所不包。通常来讲，这种写法很危险，会臃肿走形，好在弗兰岑处理得相当恰当，但这种恰当，某种程度上又显得过分面面俱到、过分理性了——他的主题表现得有些直白：一切的“自由”，人的、物种的、性的、爱的、资本的，包括国家意志的，所有这些自由，实际上都是有限度的，每一种自由的实现都必然地带来对另一种自由的侵犯。这是悲哀，也是平衡。

不管怎么说，出于对弗兰岑这种“老派”写法的尊敬与惊异，循着路数往前，看他的前一本长篇、出版于2001年《纠正》，这一看，胃口忽然坏了，喜欢之情大打折扣，可能是高度期望之下的过分挑剔，更可能是个人对于长篇的审美期许有了变化。一本书和一个人的关系，跟人与人的关系一模一样，彼一时此一时，一时一境，喜与不喜都是变化万端，甚至自相矛盾。

《纠正》里有着大量的，大到海量、超量的生活细节、心理分析与人物成长渊源，极易令人阅读疲劳。弗兰岑特别尊重和维护写作中的“手艺”感，有些像做工繁复、堆砌的清朝宫廷漆器，每个人物哪怕一草一木都有浓墨重彩的背景与来路，好处是会让阅读者培养起对某个人物某样物件的可靠感情和理解，明白其一切行为的动机和结局，但坏处是对智力和简洁的放弃：这不仅仅是三百笔的工笔与素描三笔的区别，因为这个工笔对读者而言，也是要看三百眼啊。在一个世纪前，读者会倾倒于一个三百笔的工笔，但而今大不同。人类的阅读行为是有成长期、积累期与变异期的，有不变的基本元素，但肯定有新鲜的“现代化”的覆盖与更迭。从这个意义上说，我认为《纠正》是一部忠于写作传统的长篇，但缺少长篇伦理变迁的贡献，缺少对当代阅读者的呼应与智力较量。

再比如戏剧性与节奏感。谈到这两个元素，好像比较俗气，比较偏向快餐、偏向畅销，但对于一本600页的长篇，这两个元素我想也是要紧的。弗兰岑的叙述着实闲情，着实慢性格，他会在同一个细节上（比如父亲的大摇椅、妻子的腰部扭伤）进行流连忘返、再三摩挲……真要命，这样的反复，并不增加新的审美、新的关系、新的矛盾、新的进程！如果读者是一个无所事事、时间没办法打发的家伙，也许可以陪着一起进入这些细部，像进入生活本身，像进入一切琐碎与无聊……这莫非就是弗兰岑的哲学暗示吗？就算是，也是多余的暗示，因为这已是公理。在生活的琐碎之外，我不太希望在小说里再一次进入琐碎、验证琐碎、厌倦于琐碎。当代阅读者是摇晃与艰难中的阅读者，所有的人都在诱惑与匆忙中像苦刑犯一样地阅读，尽管大家都对此严厉批评、喧哗声讨，但毫无疑问，这是一个无法回避的阅读背景。

话说回来，《纠正》的力量依然是结实和深刻的：警醒与自救，跑偏与纠正，孤独与试图摆脱孤独却更加孤独——这是整个人类生活中不断摔倒不断流血的主题。我所不太满意的只是，他画了三百笔，多用了太多笔。

罗斯也是美国当代文学中的典范作家，在他八十岁生日时，美国主流媒体纷纷为其“庆生”，播放电视专集、刊登访谈专版，其家乡纽瓦克甚至开辟了长达半年的旅游专线，制作了照片展，围绕作家的出生、成长及小说中的若干景点。罗斯值得人们这样做——“他组织句子的艺术——就像是打开了世界的包装”。

在长达五十三年的写作生涯中，罗斯囊括了包括美国国家图书奖、普利策文学奖、全美书评人协会奖、福克纳奖、布克国际文学奖等各大奖项。《纽约时报》曾经做过一次“过去25年来出版的最佳小说”推选活动，得票最多的前二十部中，罗斯小说独占六部：《美国牧歌》《反人生》《夏洛克行动》《萨巴斯剧院》《人性的污秽》《反美阴谋》。他被认为会是继1993年托尼·莫里森获得诺奖后的美国作家最热门人选（想不到吧？美国已空门二十年）。不过，罗斯在七十九岁宣布了自己的退休计划："说实话，我写够了。我把自己的一生都献给了小说。现在我不想读，也不想再写了，甚至不想谈这些了。够了就是够了！"这一消息在当时引起极大关注，人们似乎无法认同：一个作家，难道不是应当终身忠实于艺术女神，难道他可以像一个面包师一样，解下围裙退休？难道他已经停止思想，不再关心人类精神了？

很惭愧，到目前为止，我只读过罗斯一本书——出版于2006年的《凡人》，而且就在一周前刚刚读完。不过，结合我前文所提到的两则与罗斯有关的消息，我有种感受，也许此书不是罗斯最有分量的作品，但此刻读它，正当其时，我读到了一个思想者的晚年结晶。《凡人》很薄，书名取自一部十五世纪的经典寓言剧，有种饱含沧桑的灰色基调和泯然众人的宁静。书里有两道绳子交叉：一部分是衰老与疾病，这个调子让我想到本届奥斯卡最佳外语片《爱》，步入老境的人们如何与疾病终日缠绵。另一个调子是曾经的激情与亲密。后一个调子是一个回望的角度，这个角度很残酷，因为它具有无情的解构性，以一个老人之眼看过去，往昔的各种激情与浪漫似乎都是错误和误会，而今奇之、悔之，甚或恨之。此种感悟，到合上《凡人》的最后一页，更添虚妄。

菲利普·罗斯在回应关于自己的"退休声明"时，引用了美国著名拳击手乔·路易斯临终前的话：我已经将我拥有的天赋发挥到了极致。我喜欢这句话。我想不仅是作家或拳击手，我们任何一个人，一个凡人，也都希望能够以此来告别自己的职业生涯。

库切《耻》，当然这本书太有名，拥趸者众，早在诺奖之前，库切就已获奖累累：英国布克奖、英联邦作家奖、全美书评人协会小说奖提名、《纽约时报书评》年度最佳图书等。作为一个南非作家，他的作品大都以南非的殖民地生活和各种冲突为背景，凸现殖民者及其后的白人在殖民地上的人性弱点与生存境地——所谓的宏大背景与细微叙事吧，这也比较接近诺贝尔奖评委们一向的口味。2003年度成为诺贝尔奖得主之后，在新闻界的热心下，《耻》的情节几乎被媒介写得家喻户晓，全书由四部分组成：一是卢里教授与女学生的一桩被公开的性丑闻；二是教授逃避到乡间，与女儿露茜共同生活中的落差与矛盾；三是与世无争的露茜成为种族积怨的受害者，被三个黑人抢劫强暴；结尾部分呈现出模糊的开放性，抢劫强暴案不了了之，露茜怀孕并准备接受当地黑人的庇护，卢里教授在乡间混沌度日。

因为对情节的熟知，阅读中的悬念基本接近于无，库切在行文间也没有特别的花哨或风韵——也可能是翻译过程中的流失，也可能是库切已不在乎形式上的讲究与标新，但无论如何，小说本身是吸引人的，有种不紧不慢的气度，颓废散淡中显出特立独行的固执，正是我最喜欢的那种小说，特别是小说中人与人间的距离感，令人触动：卢里与性伴侣索拉娅、与学生梅拉妮、与女儿露茜等，在“篡越”与“亲密”之间有着非常微妙的分水岭，一个表情、一句问候，不管是出于习惯还是出于道德，是出于自我保护还是对对方的体贴，都可能暴露出“他人即地狱”的世事真相，彻底破坏人物之间的稳定与平衡，这方面的分寸，库切写得微妙而小心，用语简洁，却传递出不可忽视的独特性——比之我们在国内文学作品常见的人物关系，显现出迷人的层次感和复杂性。

不幸的是，尽管《耻》中的卢里教授一直小心翼翼地维护着他与她们间的距离，他还是难以控制地“越位”了，他在大街上跟带着孩子的索拉娅打招呼，违背了他们这种关系的“陌生”化原则；无辜的情欲遭遇错误的权力，导致了梅拉妮家人对他的投诉及一连串接踵而至的尴尬；在突如其来的事故面前，他不顾自己与女儿露茜在道德观和价值观上的巨大落差，一厢情愿地为其东奔西走，却在种族仇恨的壁垒前失却了生存的最后一点儿趣味：“没有武器，没有财产，没有权利，没有尊严”，“像狗一样”地活下去。

如果，置库切的南非种族历史背景不顾，我们可以在书里找到这个残酷又切实的理念：在你和我之间，在你和她之间，在他和我之间，永远记住把握好点与线距离，近之易生亵，远之则积怨，和谐与失控，只在一念之间。

还有一些小说，未必那么有名，但相当于是自己从森林深处寻觅到的野菌野菇，会别有一番生猛滋味。

《恶棍来访》。这书名儿就不赖吧？普利策奖和全美书评人协会奖双料得主珍妮弗·伊根的获奖作品。这位女作家是前苹果总裁乔布斯曾经爱过的女人。当然这是题外闲话。她这本书的妙处在于结构与时空处理上的技术指数极高，值得专业人士脱帽致敬。不过喜欢快阅读、微阅读的人可能会有点儿犯晕，你看了前面、中间、后面，会找不到落脚点——伊根女士真的把时空打得太乱了。但这一点，正是本书最富现代性的特质所在，包括在一些形式上的创新，如音乐唱片般的Part A 和Part B的设计，PPT文件的戏仿，相互独立而又紧密关联的十三个章节等。同时，所有这些令人眼花的形式，却都建立在一个情感真挚、首尾回环的故事之上，建立在“时间”这一恶棍的辛酸流变之上，你若耐心跟随伊根的脚步，将会从一个忧伤中年的侧面，眼睁睁地看到当代生活中理想的流逝兴衰、人生的起落幻灭、爱的进化与妥协。

再谈《骰子人生》：在中国是最近引进，但其实此书是二十世纪七十年代的一本大热小说，曾被禁止发行，也曾被改编成多种舞台剧，并成为摇滚歌曲和心理学游戏的一个重要“母题”。作家卢克·莱恩哈特以同名主人公讲述他的魔鬼故事：从一颗骰子上随机性的六个数字开始，精神分析医师卢克开始随意地篡改自己的生活，如果扔到1，他去强奸女邻居；扔到2，他瞒住妻子继续；扔到3，他离婚并背井离乡；扔到4，他扮演同性恋；扔到5，他杀掉某人……无限的假设与多重角色的代入，滚滚而来的污浊与罪恶，暴力撕扯下的疯癫与悬崖，他借此摆脱了单调、重复、一眼望得到头的无趣人生。说到底，这其实也是一部与中年危情、精神困境有关的书。邪恶只是表面，内核则是无边际的衰弱。

说到这里，会想起关于小说写作的形式主义。《恶棍来访》与《骰子人生》都有一个特别的“形式”概念，从而以奇特视角对当代生活进行正面强攻的书写。与此类似的，还有《本杰明·巴顿奇事》与《时间箭》《时间旅行者的妻子》等，这三者，在处理“时间”方面找到了神奇的通道，有的甚至带有哲学意味，从而让一串也许并不多么高级的故事变成了意味深长、令人着迷的珍珠链。这就是“形式主义”的神奇作用。

——当故事可能不够好的时候，恰到好处、精心却又匹配的形式创意，就会成为一个百分百的有效助推器。

出于这样的原因，我一直比较尊敬“技术派”的侦案小说、畅销小说，那里面都有着结结实实、科学一般的密码元素，如隔空点穴，读者极其受用。作家里头，王安忆是知名的侦案小说爱好者，曾专门分析过侦案祖母阿加莎。有一阵子，我也迷过爱伦·坡、松本清张、钱德勒、奎因、布洛克等，读时自也手不释卷、目不交睫，但而今回想来，从文学余味上看，真正留在脑中的只有极少几部可堪回味：东野圭吾的《嫌疑人X的献身》、瑞典名家斯蒂格·拉森的《龙文身的女孩》、布洛克的《八百万种死法》。在侦案经典里，这三部大约排不上最出色，但为何一直铭记在心念念不忘。原因很简单，它们不仅仅有技术，还有令人痛楚、难以释怀的部分，可能是人物极其复杂的情感，可能是某种幽暗的色调，可能是难以修复、难以弥合的绝望。比如《嫌疑人X的献身》，很简洁的一个故事，单薄得像个中篇，但对于单恋者的苦心孤诣，真是刻画到了无以复加、泣动天地的地步。

再讲一本《如此苍白的心》。这是西班牙作家哈维尔·马里亚斯的畅销书，获得都柏林国际文学奖，全球销量二百五十万，书腰与书背上一大堆诺奖或未来诺奖得主的推荐：库切、鲁西迪、帕慕克、波拉尼奥。推荐像虚伪而凶狠的锤子迎头打来：当今西班牙最好的作家，最应该获得诺奖的作家，一位天才艺术家的里程碑，等等。但我的写作圈内，并没人谈论此书，出于一种乖僻的（没人读啊，那好，我来读）与不信邪的心理（我很小心眼儿，既不太信任那些推荐，也不太信任全球畅销），我读了它。结果怎么说呢。相当的好，我喜欢，最起码在我的体验里，好过《斯通纳》，后者在2015年大热，进入许多大咖的书单子，《斯》也不是不好，好在过分周全而稳当，好布料大牌子老做法，穿到哪里都不会出错。与之相比，《如此苍白的心》，是一种危险的、失衡的、结巴般的好，它常常在一条叙述线上非常执拗、摇摇晃晃几乎是病态地一条道走到黑，黑得简直都无法回头。比如，在大约前五分之二的篇幅处，主人公好好地正与新婚妻子过着蜜月呢，作家先生突然把取景器对准到大街上一个陌生女人与她的情人身上，用相当大的篇幅去偷听他们的幽会，推测并焦虑于他们的命运。而这一对怨偶，跟本书所有人物都毫无逻辑关联。当然，这是有意的，大胆而自信的刻意，作家这一走形的、比例失调般的动作，具有深沉的寓言、象征、由此及彼、王顾左右而言他的作用，共同指向一种运命苍茫、世情偶然之感。

《如此苍白的心》当然也有它的问题，它处理了一个自杀的悬念，从开头一直勾着，到结尾才放线，反而感觉有点儿“压不住”，同时也有点儿庸俗化了（畅销呀！），冲淡了全书所特有的那种迷茫的美感、言不及义的神秘性，对妻子与情人、忠贞与背叛的互生性关系的艰难摸索。不过，怎么说呢，可能是职业的缘故，正是这种似乎小有破绽、不够光滑的作品，让我对其更有偏爱，就像人们私底下，总会更喜欢腮上有雀斑的那个小姑娘。

移民作家似乎总有异样之处。老牌的有纳博科夫、奈保尔。近来的有石黑一雄，日本人移民英国，大红。写《追风筝的人》的卡勒德·胡赛尼，阿富汗人，移民美国。裘帕·拉希莉（代表作《疾病解说者》《不适之地》），孟加拉裔，移民美国。赫塔·米勒，罗马尼亚人，现为德籍，2009年诺奖得主。雅歌塔·克里斯多夫，匈牙利人，现定居瑞士，《恶童日记》三部曲震撼人心。

这个杰出移民作家的名单显然很长，不久前我又加上了一位生于1985年的蒂亚·奥布莱特，她生于战火动荡的贝尔格莱德，后移民美国，二十一岁即开始在《纽约客》《大西洋月刊》等顶级刊物发表作品，二十五岁时她写下一部《老虎的妻子》，获奖无数，成为史上最年轻的奥兰治奖获得者，此奖为英语女性文学的最高奖。

移民作家的作品有时会有共性：殖民色彩、文化交融、战争或革命、避难与逃亡、异乡感与家园寻求等。但《老虎的妻子》并不特别以此为识别，全书的背景虽然也一直是巴尔干半岛的连绵战火，但真正的核心却带有“动物神话”的童贞气息，老虎的妻子究竟是怎么回事？为何她与一头从动物园逃亡的老虎相爱，并最终怀有身孕？此外还有一个“不死人”贯穿始终，后者是一个既诚恳又悲凉的角色，他凭借咖啡渣占卜并预告人们的死亡，可他自己却永远无法死去……这本新书并不完美：书后半部的个别章节略显冗余，次要人物的枝蔓旁逸有些过头。关于外公之死、老虎之妻的悬疑处理稍有生硬。但这并不影响年轻的奥布莱特小姐构建了一个复杂而淡泊、天真又残忍的绝佳梦境。

石黑一雄的作品一直声名响亮，我读过他的《远山淡影》与《无可慰藉》两部。前者系其处女作，风格仍是清淡，乃至有些无趣，直至书的后五分之二，一个代入视角的设计露出一角，全书突然显现出凄清的扭转意味——我由此喜欢上此书。但同样的期待在《无可慰藉》上并未满足。石黑一雄一直高调伸

石黑一雄

石黑一雄一直高调伸张他的“国际视野、开放格局”，《无可慰藉》的野心也十分明显，它抛开了移民故事与移民背景，变成了一个纯粹的“大师小说”，并且有着卡夫卡《城堡》式的迷雾设计，但从阅读体验上，此书却使我几度昏然而烦恼，如同掉进无边无际的兔子洞，最终只得放弃，让自己挣扎着趁迷失之前从洞底爬出来。

张他的“国际视野、开放格局”，《无可慰藉》的野心也十分明显，它抛开了移民故事与移民背景，变成了一个纯粹的“大师小说”，并且有着卡夫卡《城堡》式的迷雾设计，但从阅读体验上，此书却使我几度昏然而烦恼，如同掉进无边无际的兔子洞，最终只得放弃，让自己挣扎着趁迷失之前从洞底爬出来。

同样令人失望的体验在《追风筝的人》继篇《灿烂千阳》上也得到验证——如此反复，像一个冷静的耳语再一次提醒写作者：相较于野心的诱惑，激情与诚恳更为可靠。我经常向人提及一部匈牙利作品《宁静海》。宁静海是个地名，远在月亮之上，是阿波罗11号带着阿姆斯特朗登月的地点，而且这片海也并非真有海水，而只是块小盆地，也即人类从地球上肉眼所见的黯淡黑斑——匈牙利作家巴尔提斯·阿蒂拉以宁静海用作书名，也许是来喻指一个永恒的心灵黯影，也许可以理解为像阿姆斯特朗那样，为了摆脱重力束缚，追逐一种永远不得其所的自由。这本书就是典型的激情之作。

阿蒂拉是1968年生人，是匈牙利的年轻一代作家，两年前曾应上海作协之邀在中国短期居住访问。这部写于十年前的长篇，是一部极为酷烈的成长小说，主要写母子关系。书中的母亲、一位没落的贵族后裔，曾经是相当出名的性感话剧演员，十五年来，由于遭受当局不公待遇，她足不出户，石头一般地囚禁自己的身体，更以强烈的爱憎来囚禁儿子的灵魂与爱欲。母与子之间的纠缠、控制、戕害，其极端程度，超出所能想象的人伦之底线。但《宁静海》又不仅仅止于此，由于作家及其家族所处国度的时代背景，其父辈们所经历的匈牙利反苏自由革命、叛国罪与牢狱之灾、体制变革与解体、驱逐出境等，家国命运的动荡在小说里有着浓厚的经验投射，比如，小说中母亲的病态自囚，很大程度上即是因为意识形态压力下的后遗症，一种自我遮蔽与保护过度，包括对流亡在外的女儿，尽管其尚在人世，但母亲却恶毒地替她做了个衣冠冢——这显然不是恨，而是失控的、无法表达和纾解的爱。类似的令人发指般的细节，书中触目可见，全书不见片刻"宁静"，反而布满刺激性的阴郁、毫不遮掩的暴力与野蛮。看罢全书，再回头瞅瞅书封面：一只布满犀利血丝的大眼睛（德国现实主义画家克里斯汀·夏德的作品局部），再瞅瞅作家像（嘴叼香烟带有毁灭气息的侧影照）。此种残败与颓废的取景，着实两两相宜。

关于"死亡"的主题一直是我的心头大好。我本人的小说中也曾多次正面书写。如《离歌》《墙上的父亲》《思无邪》《小径分叉的死亡》《死迷藏》。有读者已经觉得我似乎写得太多了。但说真的，我一直觉得，死亡是比爱情更有丰富程度、更值得为之书写终身的领域。

我一直喜欢一本书，其名字便叫作《死》，据说这书名当初让出版商们闻之“都低头看着自己的手指甲”，不过，它后来获得了全美书评人协会小说奖、《纽约时报书评》年度十佳图书等殊荣，出版者只怕又欢喜得抓耳挠腮了。《死》一开头展现在读者面前的是性、暴力和死亡：一对动物学博士夫妇，来到了三十年前他们初遇的海湾，正当他们打算重温旧梦之时，意外遭遇杀害。但作家吉姆·克雷斯的角度绝非悬疑，他随即展开了节制乃至幽默的叙述：一条线时光倒转，追叙这对死去夫妇腼腆的婚姻；第二条线是女儿对失踪父母缓慢冷静的搜寻之旅，并放大他们在被害这一天的各个细节——意味深长的细节们像多米诺骨牌那样一片紧挨着一片最终把他们推向死亡的高潮，如果（如果我们可以说如果）这些细节里任何一个发生变化，他们也许就会像大多数人那样寿终正寝、体面地死在亲友的包围之中。

还有第三条推进线，也是我个人最喜欢的：在他俩死后却仍未被发现的六天中，死亡的细节像多米诺骨牌那样一片紧挨着一片，在甲壳虫、海鸥、螃蟹、海水与各种微生物参与下，这对曾经带着欲望、虚荣、忧虑的尸体开始腐烂，向死亡的最深处迈进。这些章节是纯白描的，带着放大镜般地仔细入微，甚至融入了生理解剖、海洋生物、昆虫学等接近专业的术语，笔调出奇地冷淡乃至戏谑。在这里，死亡成了一场大自然的盛宴，带着顺水行舟、春去夏来的安详。这对贡献出肉体的动物学夫妇本身，似乎也因此获得了无上的升华与永恒。

尤其清新的是，无论是逝者女儿还是作家本人，对于追捕本案的凶手都没有表现出丝毫的兴趣。本书唯一的主题就是死亡。死神是一次意外的拜访，如婴儿之新生，带着爱怜与无邪的微光。当然，此无情并非真无情，在《死》中，尽管这对生前就沉默寡言缺乏情趣的夫妇在死亡之时还来不及相互说点什么，但在意识消失的瞬间，丈夫约瑟夫的最后一个动作，是伸手握住妻子的脚踝，随着死亡状态的推移和深入，尽管他们开始变形、腐烂、风化，但丈夫的手与妻子的脚踝还是紧密相依，这是爱与死亡的意外重叠。面对这一画面，连自恃性格独立、情感自强的女儿茜尔也情不自禁地向警察提出要求："不要移开我父亲的手。"

另一本我所喜欢的死亡之书是非虚构作品——《殡葬人手记》，还有一个副标题：一个阴森行业的生活研究。可是甭被它吓住，其实全书行文相当之温和。因为家族从事此业，美国人托马斯·林奇在大学毕业后接手了某小镇殡仪馆，专司埋葬与焚烧死者之职："在我们这个小镇，每年我都要安葬大约两百名死者，此外，还有几十人火化。"

二十多年独特职业经验显然没人可比，林奇是职业的死亡观察者，死以五花八门、匪夷所思的方式扑面而来，像是搭在生者与死者之间的桥，他愤怒、惊讶、畏惧、感触、平静……由于信奉天主教，很多方面，林奇颇有点儿中国人死生事大、慎终追远的意思——读这样的书，其实会感到生的欣悦与偶然。你不会惧怕一切的苦楚或衰老，因为有太多的人，他们甚至都没有机会来受苦、来衰老。

经常会被问及，你最喜欢的小说、对你影响最大的作家等。这几乎是作家被问得最多的问题。我一听就张口结舌。问题出在这个“最”字上，如此绝对化的指认或定义，似有不妥。世间诸事万物，好与劣，皆是相对的产物，何况言及“书”于人的影响，我总感到应当是如春风徐徐拂面，乃循序渐进之举，而无当头棒喝、醍醐灌顶那样的关键时刻。故而我一般都是这样回答：我是胃口蛮好的杂食者，阅读就如吃饭，为了营养之均衡，也为了口味的变化，我其实真是喜欢好多名家与非名家、好多经典与非经典，而且这种喜好也一直在变化与覆盖和矛盾之中……对方往往一边点头表示同意内心却可能不大满意这样的回答，觉得像在敷衍，实际上我字字是真。许多作家都会认宗认到卡夫卡、博尔赫斯、马尔克斯、卡佛什么的，我还真凑不上。

有一次，有家媒体朋友“逼”着要说出一本书，我想来想去，没有最好，但有最早。在早期的阅读中，丹纳的《艺术哲学》我愿意特别提出，我对它充满感激之情。

丹纳是法国十九世纪著名的文艺大家，此书其实是他在巴黎美术学校讲课时的教材，后集编出版，是“一部有关艺术、历史及人类文化的巨著”（傅雷语），因是讲座笔记的方式，绝无哲学类著作常见的刻板与艰涩，他所涉甚广，跨越了地理、历史、政治、文学、宗教等各个领域，讲到雕塑、文学、绘画、音乐、建筑、诗歌等六个艺术门类，似乎要把天上人间一切美的，皆纳之于怀，从头道来。所幸传到中国的译者是傅雷，他与丹纳，二人在渊博精深方面当可比肩，所以全书读来，译文生机勃勃、热情、自信、优美。但尽管如此，这书，并不“好”读，它需要读得极慢。

有些书，是以一目十行、酣畅淋漓为快的，那些书的精彩处、引人入胜处，是放在明面上的，只要眼光一到，便能心领神会，然后顺流而下，随之起伏。但《艺术哲学》是另外一种，它的好处有点儿“藏”，一旦你找到，会更为喜悦。比方说，讲到荷兰的绘画，他会从荷兰特殊的地势与气候分析起，那种环境对画家性格的影响，对色泽与风格的影响；再如他对于莎士比亚和鲁本斯这两位文坛和画界巨匠艺术特点的概括 :“暴烈、可怕的人物”“凶杀、离奇的结局”“突如其来的放纵的情欲”“混乱，奇特，过火而又辉煌的文体”……如此种种，他分析得太好，便需要你停下来，慢慢地去悟、体会、思虑。甚或，你看到后面，又会想到前面的什么，再翻过去，对照了看，解剖了看……

记得当时初看，大约是1995年吧，我把书带到单位去看，不免有邮局的同事问我所看何书，邮局的氛围比较地朴素，使得我总不好意思亮出封面，因为这书名太过森严 :“艺术”倒罢了，还“哲学”！我深恐别人以为我在攀附风雅，不懂装懂。其实，丹纳是很有体恤心的，他的确是在构建他的艺术哲学（即实证主义），但他面孔很柔和，调子起得也低，任何一个读者，只要是稍有些文史底子，并对艺术有基本的常识，便会一头看进去，进入他为你架构的体系 : 用自然科学的方法来剖析各艺术门类的历史起因、风格形成、流派分别……

记得我当时是做了不少笔记的，带着激动而叹服的心情，十几年过去了，那笔记当然早已散落尘埃，但那得遇良师、拨雾见光的心境一直记忆犹新，我朦胧地感知到 : 我中意什么，我对什么敏感，我应当如何喜爱那些美好的东西……一直混沌着的局面，好像就此有点儿生发开来。当然，这跟我后来的写作，也谈不上多少直接的关联。只是说，在当时，我明确知道了一点，在这个世界上，我最愿意与之发生亲密联系的，是美与艺术。其余，皆可忽略或次之。

去年年底，我又把《艺术哲学》找出来重读，但悲哀地发现，阅读的畅快感、对其观念的接受度，已经发生了很大的变化。不能怪丹纳，是我的心，比之十几年前变化太大——那时是一片沙漠，就算浇的是白水也即刻吱吱饱吸；而今，却被世俗与时间践踏成一片坚硬了，哪怕拿来最上等的橄榄油，其吸收与接纳，也大不如前了。

幸或不幸的根源

不管表面的物质构成、肉身迁移或情感来往如何热闹，生命在本质上都是孤独的。在麻绳一般枯燥漫长的独处中，像清点可怜财产的穷人，我时常试图清点我前面生活中曾经拥有的好时光，我有些难过地发现，真正感到幸福的时光像喜马拉雅山顶上的空气那样稀薄，但同时，我又恍然一笑地发现，这稀薄幸福中的氧气部分，实际上都是来自阅读。

阅读是最安全、最高效且最令人愉快的社交途径。“我们阅读不是因为我们不能认识够多的人，而是因为友谊是如此脆弱，如此容易缩减或消失，容易受时间、空间、不完美的同情和家庭生活及感情生活种种不如意事情的打击”——我喜欢布鲁姆先生的这句话，因为他真写到了我的心坎上。毫无疑问，能够带来幸福感的那些阅读对象当然是经典。

由此，我时常对经典抱有感激涕零、大恩无以为报般的感情，试着想想吧，如果没有这些伟大的作品，如果没有对他们的阅读，如果没有在阅读中那些复杂的感慨万千，那无声的智性交流所带来的恐慌、细腻与汗毛竖立，人生将多么可怜、单薄，令人瑟瑟发抖！也许我宁可死去，或宁可成为一棵树、一把木椅子或一只野狗。

经典是我榨取幸福的源泉——这样的宣言也许显得肤浅和赤裸，但我不回避这种偏颇，我一向把精神上的丰满、流量充沛视为生活的最高级。

但经典同样也是构成巨大不幸的根源。

对经典的崇拜、爱慕以及随之而来的制造它、占有它的向往，像是深入骨髓的强迫症，只要想到、提起，心情一下子就会变得肃穆，并且觉得害臊、苦涩，感到终身被灵感所奴役的悲剧性。从这个角度而言，任何一个具有野心与狂妄想法的写作者，都会被这种无穷无尽的痴心妄想所笼罩，他不可能拥有真正的宁静与幸福，整个写作生涯，就是一场无期的苦役，他几乎每时每刻都被焦渴与躁动所镣铐，时刻经受着对平庸的警惕与惧怕，对才华的自我打击与否定，他迈出的每一步，不管是坏的或是不那么坏的，都像是走在无情的刀尖上——没有一丝的怜悯。

我有时羞于承认这种无望的热望，我千方百计地假装轻松、享乐、满足，实际上，我从来无法获得真正的满足、轻松与享乐。经典在拥抱我的时候，也同时往我血液里注入了动荡不安、嗜血难眠的毒素。

退一步地想，自我劝说地想，这可能正是写作这一行当所必须配备的羞耻感，这是一种胆汁上的装备，是长期安放在马背上那沉重的鞍。这具鞍，会让纵马者不太过放荡、轻浮和自以为是。

窥看众多的经典作家，其命运往往大起大落，似乎那正是孕育经典的重要曲线：曹雪芹、梵高、舒尔茨、川端康成、海明威、萧红、奥康纳……这个名单可以源源不断地写下去，他们残败惨烈的人生具有那样高的审美性，好像他们心照不宣地在进行一场炫耀般的苦难史与神经质的比赛，同时也便于后人在观看时施以深长的叹息和感慨。

不免想到艺术生命与俗世生命之间的乖张敌意——寿终正寝的安稳人生，与灵感奇崛的艺术，莫非是不兼容、不调和的？这样一想，便会不能正视自己这肥白的、室内的无风雨的生活，可是一个人，怎么敢先验性地去责备命运所配给的苦难份额？并以此为借口去开脱灵感的欠丰以及与经典之间的无限距离？

由此也可以看到经典的一个怪脾气：喜怒无常、不讲道理。它像一朵美得令人张口结舌的花，可能怒放在最贫瘠的一根枝头，却听凭庞大肥沃的园子里空空如也。你不能去跟它谈条件，谈政治气候、物质土壤或时代需要。

不过，我就喜欢经典这怪脾气，它像毁灭性的可怕地震一样难以预料。你不要试图加班加点，不要试图日积月累，不要试图足智多谋，哼，经典的产出与出现，毫无规律可言，这正是它华美不可方物的地方——一切有规律的、可以推算和经营的东西，实际上多么乏味和面目可憎啊。

话说回来，有的时候，对经典也会产生一种没心肝的疲劳，感到一种判断力上的退化与乖顺，相对于那些早已被戴上永不褪色的大红花，被人们夸赞得起了老茧，并成了电脑输入法中的固定词组的传统经典，我更注重那些耐人寻味的“小个子”。

是的，这些被忽略的“小个子”，他们还没有成为经典，并且或许永远也戴不上经典这顶大帽子，他们也只被小部分人视若珍宝，并且他们的价值也有些忽上忽下摇摇摆摆，他们在海洋般的阅读中沉浮不定，这样的书目与作家我也同样可以列出一长串，《死》《遛鸟女》《三个六月》《身着狮皮》……多少次，我替他们栏杆拍遍，感叹他们相对冷僻的命运……可平心而论，他们跟我们的关系好像更为亲切！他们是我们自己在阅读中“嗅”出来的，像黑毛猪在清晨欢快而辛苦地拱出泥土下那外形粗粝的松露，多么芳香，简直冲鼻子啊，令人荷尔蒙疯狂啊！

我的意思还包括，这种个体化的、标准模糊、带有偶然性的发现过程多少也可带来一点儿安慰：第一，我们现在所读到的所有经典，在诞生之初，一定都饱受折磨，满身的血水与泥泞，甚至命悬一线。第二，多少出色的令人悸动的作品，所得到的也只是黯淡的小簇光线，或者说，在通往经典化的路上，他们只是两侧的林荫大道，但他们所贡献的那种姿态与养分，某种意义上，更为尊贵，饱含文学经典之路的沧桑与世故。

我们或者可以这样想：漫漫长路，你算不上最好，但一定不是最糟，就算最糟又怎么样，因为所有那些最好的，一定都是从最糟的路上走过来的。

要不要大笑一下

幽默是稀罕又娇贵的禀赋。

文学气息最好的，也是我个人至为珍爱的，大多酿自黑苦之冷泉，发酵或蒸馏到让你笑也笑得文学起来了：那是不成样子的笑。《呼兰河传》即是如此，幽默到疼，破裂到无法愈合。萧红的幽默像她的命运一样，以血液的形式流淌，包括她怀念鲁迅先生的名篇，都有雕刻般的刻骨幽默。她与鲁迅在智性上是通连与赏悦的。自然，鲁迅也是幽默的，成为战时利器，随手一丢，寒气扑面，齿冷得都咧不开。

玛格丽特 · 杜拉斯

杜拉斯也是幽默的，是精神与特质双重困厄，困厄中无法满足的愤怒折射《阻挡太平洋的堤坝》即为她这种愤怒型幽默的典型，我喜欢，读来凄恻但又会付之嘲弄。

杜拉斯也是幽默的，是精神与特

质双重困厄，困厄中无法满足的愤怒折射，《阻挡太平洋的堤坝》（荐读指数：★★★★★）即为她这种愤怒型幽默的典型，我喜欢，读来凄恻但又会付之嘲弄。张爱玲也是幽默中人，她以精准的英国式幽默坦然于她对人间世的疏离与撒手，成其为一种态度与立场。她更在意的，是这幽默的别致与无情吧，不带笑意。

塞林格也是具有幽默天赋的，他的《抬高房梁，木匠们》（荐读指数：★★★★★）在读的时候真能笑出声来，但这依然是文学意义上的幽默，是对青春期激越心跳的脉相变异，是他替自己的反骨所找到的路径。我敢打赌，塞林格本人对呼应与交流是冷淡的，他一丁点儿都不要逗你发笑。他只是在做一个智力入口，以幽默为通关密码，你若能收到，差不多能算进入第一步了。还有个卡波特，也好玩的，这里不是讲《冷血》（荐读指数：★★★★），我是讲他的随笔，两大本《肖像与观察》（荐读指数：★★★）着实

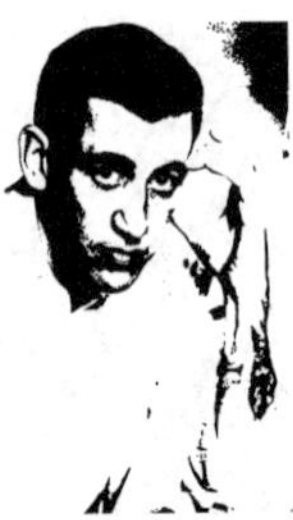

J. D. 塞林格

我敢打赌，塞林格本人对呼应与交流是冷淡的，他一丁点儿都不要逗你发笑。他只是在做一个智力入口，以幽默为通关密码，你若能收到，差不多能算进入第一步了。

有趣，但与塞林格相反，那种嬉骂自成是他本人玩世不恭、斜睨人间的性格使然，窃以为也不属于幽默，这更像是阶层与人格里的一种骄傲，或者说，骄傲下的极度敏感与自恋。

也有人认为米兰·昆德拉是幽默的，尤其有一部分作品。不过他的笔调太明晃晃了，已经不能算是纯粹的幽默，更像是他的策略，不过很有效，用来跟极权主义拉大锯唱小戏，比硬扛的效果要好。赫拉巴尔的《我曾侍候过英国国王》（荐读指数：★★★★）也是这样的通道，不过更躺倒更满地打滚了，因此对抗的效果更佳。但幽默这样的使用，总归是不幽默的，是悲伤的工具了。

顺便批一句我不太喜欢的以幽默为标签的小说，比如《乌克兰拖拉机简史》（荐读指数：★），这本书很容易作为谈资，四不靠的书名据说常被放错书架，挤眉弄眼的分章节标题，总爱胡乱出牌的主角，让我读来直叹气，不满地叹气——不能这样的，幽默真不是这样的。

还有书店里经年长销的“幽默生活随笔”，当中最有名代表人物是梁实秋，少年时期看得特别起劲，而今好久不碰了。三十年代的这批大学问家的“幽默”，有点儿像他们标配的圆框眼镜，多少像是当时为人为文的最佳“时风”所在。沈从文就没有这种时风的癖好与追求，他是用一辈子来写了一个缓慢的大幽默。“乡下人”喝杯甜酒吧。“乡下人”不写小说啦。“乡下人”去做服饰研究啦。他的学生汪曾祺，小说也好，散文也好，读来常会使人发笑，也是乡野自足风的，来得非常自然，带着长窄街巷里的灵活劲儿，是地域地貌生发出的水纹与肌理。至今你若到苏北里下河一带，与当地人谈天，年老之人、中年莽汉、卖菜妇人，仍会有这种信手拈来的快活，对，准确说来是天然强悍的生命力。汪曾祺幼时是大家出身，后来虽有辗转起伏，总归是明亮的。我也爱他，但更爱的，还是苦汁里渗出来的那种幽默——这取向，也真是不够轻松幽默的。

哦，扯得好远。其实我今天想说的，不是上面这些。我想说的是，如果幽默不拿来工具化或审美化，比如：不是为文学气质服务（萧红、塞林格），不是为意识形态斗争（昆德拉、赫拉巴尔），不为表达人世观（杜拉斯、张爱玲），不是知识或精英阶层气质（梁实秋、卡波特），幽默就只是幽默本身……话说到这里有些词穷，也担心铺垫太多，会对接下来的这本书不大公平。

总之，接下来我没有任何弯弯绕道理，我只是想推荐一本让你看了会笑的书，在你疲累了，呆滞了，不想跟人类交流，想一个人闷着的时候，看了会发笑的书，关键是，笑的质量还挺高，有智力在场的兼得感，次要关键的是，这本书，跟文学或风格或策略都没啥关系——

书名叫《天真的人类学家》，嗯，书名不够好，请别介意，还有副标题——小泥屋笔记＆重返多瓦悠兰，对不起，这好像更加不好是吗。也请不要介意。书腰上有专门的推荐语："向奈吉尔·巴利致敬，这本书是他赠与学术共同体成员的最好礼物之一，尽管在人类学的知识殿堂中，它可能永远也进不了经典著作的书架，但这显然是最用心、最有心的人类学作品之一……"后面还有，我不忍再抄下去，你会吓得掉头便跑吧。这句推荐语与本书作者系同行，也是人类学家，唉，瞧着吧，这些人类学家，真的是又实在又笨拙的人。他会指着一本书，告诉你，这是一本书。

不过，以此书腰为参照，你大体就应当有数了，你将要看到的，是相当笨的、由专业人士所写的非专业的一本书（说得拗口了）。作者奈吉尔·巴利，牛津大学人类学博士，大英博物馆附属人类博物馆前馆长。

我跟你一样，读此书之前，根本说不出人类学家到底该如何定义，比如，我们大体总会知道经济学家、特级心理咨询师、央视军情专家、华语著名作家等各类专家的功能与表现形式，但对人类学家就常常会有点儿茫然，看完这本书……不，依然不能够定义，如果不是更茫然的话。

但怎么说呢，我真的一直在哈哈大笑，一边笑一边担心着书快要看完了可怎么办（还好，挺经看的，340页。开心可以长达两三个阅读日），我笑得牙龈外露，简直忘情物外、浑不知世，同时这也不影响吃喝拉撒、上班下班，不仅不影响，还会进行得更顺溜、更投入，因为你此时会被唤起一种深沉的疑惑，唤起排斥般的自我观察感，对，第三道目光，类似于刚刚跟随巴利先生从非洲深处的多瓦悠闭塞大土坑归来——那里的多瓦悠人常年上身赤裸，首领头戴豪猪毛，只有小米这种植物出现才能举办割礼，认为鸡蛋是很下流不能食用的脏东西，用数月的时间来准备一场求雨仪式，交谈的主要形式就是互相重复对方的问候——回到欧洲城市中央之后所感受到的那种目光，你会煞有其事地意识到自己是穿上衣服才见人的，是使用钟表来计时的，是通过餐具才进食的，是依赖机器来调节室温的，等等，你会意识到一种非常强烈的“文明感”（抱歉我使用这么大的词），你会对所在地域、生态、种族、社会形态、政治进程等（又是一串隔靴搔痒的大词），产生一种热乎乎的新知新识感，好像看图说话那样，一张张从面前翻过，真的会太惊讶了：哦，我竟然生活在一个城市！是直立行走的汉族人！有自己的文字并且会读会写！有固定生活伴侣和家庭观念！有卫生医疗供给！有饮水与排水系统而不需要通过祈祷来达到……好了我不往下写了，其实我只是想努力地告诉你，人类学家有一部分工作，就是来判断和分析上述这些我们认为显而易见不足为奇，可在他们看来简直是千难万阻的人种进化的谜之进程。这只是书里的一部分，还有很多，我说不清楚，我只会稀里糊涂地发笑。

嗯，就这么糊涂地再啰唆一句，这不是文学书，也不是专业书，只是一本极赤诚的小闲书，供你发笑和愉悦的，然后，会对人类学家这一职业行业专业，产生一种近乎同情与戏谑，又抱有赏识与哀愁的亲切感。进而，这种亲切感会扩大到各行各业，我们所不屑或鄙视的，我们所敬而远之的，我们所一窍不通的，我们所望之云霓的，任何一种存在，都有庞大的可敬与琐碎的笨拙。大家相视一笑殊途同归吧。

最后，谨以人类学家的方式结尾，指着这本书，一字一句地跟你说：真挺不错的，需要自个儿大笑一场的时候，去看吧。

对不起：那些永远没有看完的必读书

美食家面对没有吃过的新菜式，总会升腾起专业上的兴奋与某种幸福感吧。读书的家伙们就没那么纯粹了，真是有点儿两难之境，没有读过的，当然表示家有余粮、来日不慌，但真的也要跳脚，完了完了，这本只看一半，那本都没动过，纸箱子里那两套尚未拆封，还有一包正在砸向自己的邮路上。并且这只是沧海之一粟——瞧瞧各种必读书单，瞧瞧每月好书，瞧瞧旧雨新知你追我赶的近作啊，像败家子的超市收银条一样，正没日没夜、越拉越长地吐出来呢——我有时会假装没有看见那些包装完好的书，我假装我在严挑精选，我在积蓄力量，这还用说嘛，我当然是要读完它们的。

比如《史记》，你说这能不读？当然应当精读，读五遍读八遍，把自己的文字给养出包浆来！我在每年过春节的时候，都会发愿，近五年的誓言里，都有“年内读完史太公”这一条。我还特意把它供放在床侧，像我的另一只永远也不挨上脑袋的枕头。因为，这个硬枕头上，永远会搁上别的睡前读物，一会儿是刚到的杂志，一会儿是份什么新玩意儿的说明书，一会儿是新近畅销的小说，更多的时候，是啊，是万恶的手机……然后，夹在《史记》里的书签（我左选右挑，特意夹了一枚敦煌书签，我就是把时间浪费在这种无用的仪式上！），像被鸣沙山的尘暴所掩埋了一样，再也没有挪动一页了。我真的惭愧，我要在今年春节重新发愿。

与此有类似命运的是《追忆似水年华》，我买得挺早，挺好的译林精装。我向来自诩是善于读翻译小说的，打少年时就落下不求甚解的坏毛病，对外国人名都是囫囵记个大概齐，匆匆忙忙只管疾走，右手永远是翻页动作。记得那时在江苏邮电学校念书，小中专的图书馆规模甚小，有什么就读什么吧，读到合

马塞尔·普鲁斯特

封面上的普鲁斯特先生翘着小胡子看我，向下斜睨、经年累月地看，最后我败下阵来，我又把他给请回到书柜顶层去了。

意的书很不容易，因此不怕厚，只怕不厚，记得《巴黎的秘密》(欧仁·苏)，800页，看得真是过瘾哪，那时都做读书笔记的，有时还画图谱，弄得好像一番大事业啊！要是那时候能碰到《追忆似水年华》多好啊，那时我是多么饿，有着多么好的胃口和消化力啊。

现在呢，瞧瞧我堕落到什么地步了！真是罪过啊，这么多年过去了，我只看到上册的三分之二左右处，此后就一直做搬运工，把两册《追忆》从书房搬到客厅，从客厅放在餐厅，反正吧，我也是故意的，故意刺激和挑逗自己：就在手边，拿起来看啊！这个动作又不难的，跟刷微信差不多。

封面上的普鲁斯特先生翘着小胡子看我，向下斜睨、经年累月地看，最后我败下阵来，我又把他给请回到书柜顶层去了，我给他挑了个好位置，那里光线充足，灰尘也充足。然后，我像很多油嘴滑舌的读书人一样，张口就来：说起普鲁斯特的玛德琳饼干下午茶嘛……

其实，以我仅仅读到的《在斯万家那边》《在少女们身旁》两部而言，我知道我会特别喜欢《追忆》的，我一向渴慕普鲁斯特这样慢性子的行文。文学就该慢性子，急性子得搞商业才好。我估摸着当初就是因为我特别喜欢，导致我很自信地放慢了阅读，没有一口吞下这个大馍，并且总还挺美地想着，要把它作为一个肥厚的压箱底的犒赏，留给最孤独最漫长的时日。我现在还是这么想的。但这并不减少我的愧疚之心：在牙口最好、最要长个子的时候，我没有去细细咀嚼和吸收这上好的蛋白质。

也有的必读书，我是有意丢手的，并在内心小声分辩：我试过，发觉不投机，遂“读未遂”。比如《源氏物语》，被称为日本的《红楼梦》吗？可我真差劲，怎么就无福消受呢。我在合上它之前，相当恭敬地细读了一下它的回目：夕颜、葵姬、蓬生、关屋、赛画、松风、薄云、早莺、行幸……俩字儿俩字儿地注目了足够长的时间。然后，对不起了紫式部女官，我也把它给码在书架最顶部的“经典VIP”区，不过离《追忆似水年华》很远，在这二者之间，还有一些难以定义的过渡地带——既不像《源氏》这样我是灰心放手，也不像《追忆》那样，我从未忘怀，嗯，怎么讲呢，反正这一溜书，都有一个共同特点：没有读完。

它们是老托尔斯泰的《战争与和平》（上、下合1634页）（写在这里都需要勇气，从此肯定会被瞧不起了吧）、诺曼·梅勒的《刽子手之歌》（上、下合1094页）、大江健三郎的《奇怪的二人配》（上、中、下合918页）、品钦的《万有引力之虹》、埃科的《玫瑰的名字》、纳博科夫的《爱达或爱欲》……就在我写这么一段时，我踮脚把它们取下来查看页码并顺便擦拭灰尘，翻看到责编与译者，

托马斯 · 品钦

有的比如品钦，那般“后现代主义”写法，小说里融入火箭工程、高等数学、国际政治等巨量文本，估计他老人家是根本不在乎少一个像我这样的愚钝读者的。

名字都很熟悉，也曾多年受泽于他们的引进与译编，有些还是朋友，心里真是十二万分的抱歉。

因为讲实话，面对作家本人，有的早就作古，有的贵为诺奖得主，有的比如品钦，那般“后现代主义”写法，小说里融入火箭工程、高等数学、国际政治等巨量文本，估计他老人家是根本不在乎少一个像我这样的愚钝读者的，可是面对编者译者出版方以及为此冤为纸张的树木，我真的感到对不起。我唯一能做的，就是把它们放在视野开阔、可镇日俯视我的高处，聊表我的奉供之诚。这其实也是不容易，要知道，书架总是不够用，有那样多我喜欢的书，就被没头没脸地塞在第二层，就散堆在地上，就闷在纸箱子里，可是没关系，那些我读过了，读得很好，而且有时还重读！你看看，人与书，或相敬如宾，或亲昵戏狎，就是这么奇怪的关系啊。

有些书，我真是不甘的，比如前面讲到的《战争与和平》，我试过听书——这是中年人偷懒读书的一种自我安慰新法术。我也是其中之一员，干家务活儿的时候听嘛，耳朵又不会自动闭气。可是多奇怪啊，愣是，听着听着就走神了！可同样的情况，同样是老托翁啊，听着《安娜·卡列尼娜》，我就能听得心动神摇，洗着碗就差点儿掉下眼泪来，虽然那眼泪也不值钱，可为什么差异这么大啊。

梅勒与埃科二位也是，因为实在太有名，我大概多少有点儿名人崇拜症与名著征服癖，分别开过两次头，都不行。最奇怪的是纳博科夫，我多爱他的其他几乎所有译进来的作品啊，像《贵人女人小人》《黑暗中的笑声》等。这本《爱达或爱欲》就是不行。我反思了，觉得没别的原因，不是注意力不够，而是气力与耐力不够——这是近些年意识到的阅读窘境，像一个曾经弹力十足的跑者一样，我开始意识到了关节、筋、肌肉等各种问题，跑上一段，就改成走，走上一会儿，索性就停下来，望起呆来。惊觉之时，发现眼里的字，一行行过，怎的就不知所云啊。真是沉痛的、难与人言的体验。

还有一套我很喜爱，因为确实值得喜爱的书目，我是情愿当作推荐书目放在这里的——这是一套开放性的牛津通识读本，《国际移民》《医学伦理》《缤纷的语言学》《考古学的过去与未来》《犹太人与犹太教》……看看，都好得不得了吧，都是作为一个小知识分子或伪知识分子或更伪的知道分子，多少应当粗通和了解的东西吧——像我这么虚张声势又孜孜不倦的人，肯定是企图要读的。而且它们很薄，讲得也较浅显，我在出短差之前，总会来到这套书前，极阔气地左挑右拣，并巴望着读完后，能够减少这未启封的无耻之感，可是，真的，无论多么努力，我总也一直处于没有读完它们的长路上，因为它还在出、还在出，而我读得又是多么慢、多么艰辛……

还有很多哪，卡尔维诺《意大利童话》、托马斯·沃尔夫的《天使，望故乡》、福克纳的《去吧，摩西》与《圣殿》、亨利·米勒公子哥儿的《南回归线》、海明威大爷的《永别了，武器》……唉，此处大概要省去十万八千字吧，因为还有不那么出名或经典（势利眼光）的书呢，那更是极大的数目。每次处理时，它们都在“怎么可以，实在不忍心，还是留着吧，万一哪天想看呢”这样的自我责问与呓语中，被取下又被放回。

时至今日，老脸皮厚，好像也有点儿债多不愁了，以至可以这样心平气和地自我嘲弄一番了，反正生而为人，总归为奴：孩奴、猫奴、车奴、官奴、财奴、书奴……彼此彼此，开心就好。

冷读闲读

过去的这个冬季，关了微信，两耳不闻窗外事，写作效果倒也不见得真的就好了多少，发呆与散步的时候倒占了泰半，当然后两者我认为也挺重要，最主要的收获是心理上有一种单纯的清冷之感，以及由此而生的久违的愉悦。借机也不急不慢地看了些书，主要是闲书冷书。

热闹的书有时太多。它们像投食一样，以榜单、书目、名人推荐、月选季选年选的方式，每到周末或月底的进食时间，流水线一样地源源而来，详尽的内容简介、写作特色、章节摘要，切成很小的碎块，撒好了提神的调料和悦目的花边，排列整齐地推送到我们所趴着的笼子里：这情况多么令人满意，都不用动半根指头，就可以非常及时地进食到本季最热门最时新的读物。可怕的是，由此带来的并非饱足与幸福感。反之，对阅读的爱恋与忠贞反倒稀薄了，因这些书不是我们日思夜盼、苦苦求索而来的，甚至可能是并不需要的，伴有轻微质疑的。常常的，打开一本新书，那样讲究的字体与排版，花了大心思的封面，讲究的配套的书签，可是啊，负疚地长叹，不想打开。我害怕会碰到反复所碰到的情况：那既不甜也不苦，既不烫也不冰的滋味，都搅动不了齿舌，更何谈心肠与脑袋。哪怕上午接着下午左一本右一本读得圆滚滚的、挺胸凸肚，可随后只消半个黄昏一个噩梦，就没了，就饿了，加倍的饿，空洞到极点的饿，过度进食的饿，满目琳琅的饿，食欲僵死的饿，并伴有异常的伤心，为那书，为它那好看的样子，为我对它的无情遗忘。更绝望的是：那不独是那本书的命运，那更是我的、我们的。

我饿着。我羞耻于这种饿，像得了道德败坏、见不得人的病。这怨不得别人的，是我的无能，是我自个儿丧失了觅食和追求的能力，去荆棘、去莽原、去冰雪中捕食的能力，从如山似海的旧仓库里，从加锁加封条的门背后，从被打包变卖的垃圾中，翻找到那些破旧残缺、没了用处、满面蒙尘，但真正适配自己的东西。我为什么要吃大路货？为什么要叼起扔到眼跟前的发亮玩意儿，哼哼唧唧地表示津津有味，以大合唱、团体操的方式来阅读和思考，并像上交课堂作业一般发出整齐的赞美？我不知道我能否有勇气立即站起身、跑出去，趁着肢体与脑力尚未完全绵软，离开这无须任何心力的富足之地，跃入旷野，跃入干涸，激活被干扰和驯化过的视觉与嗅觉，恢复那种挑剔但准确的灵敏，重新长出野蛮有力的肌肉……

话讲得有些夸张了。不管怎么说，远离微信、冷避人情，只是一个象征性的掩耳遮目的动作，客观上讲，确乎可以屏蔽和过滤掉一些统一化标配，我的阅读似乎可慢慢回归到“需要”“好奇”“暗中流传”“遍寻始得”或干脆就是“漫无目的”的自由读，而非话题、时效性、影响力、约稿需要、友人新书等绑架性阅读。

比如春节期间日日翻看的《昆曲表演学》（丁修询著），就是很典型的源于盲目的好奇，甚至有点儿明知不可为而读。这书，从内容、体例、系统性与专业程度上看，是相当标准的教程书，适合科班子弟一招一式地跟着去演练。书极其地厚，极其细作。比如讲水袖的二十种舞法，髯口的十六种讲究，讲卖婆喜娘姑娘丫头傻子寡妇等角色对手帕的不同使用，等等，确实不适合我这样的无知看客。但读书人往往都有一种奇妙而随性的胃口，翻翻别人的教科书，抽个冷子扒个门缝儿，确乎也可以看得摇头晃脑、不亦乐乎。所幸本书行文虽略有冗余，但雅致有古风，在略显刻板的程式化讲座中，不时可以看到极为有趣味的片段，如同小小的奖赏。

比如讲念白之难，“千斤念白四两唱”。形容表演之好，为“渐进自然，满身风月”。讲坐姿，“浅坐似山，满坐似坍”。讲圆场一转，“转为万妙之门”。讲不同角色对扇子的不同用法：“文胸、武肚、轿裤裆。书臀、农背、秃光郎。瞎目、媒肩、二半扇。道领、画袖、奶扇旁。”这一一都有解释，比如，将军武夫的扇子一般较大，动作幅度也大，看上去像在扇肚皮。抬轿拉车的，因裤脚管老是卷着，故最热的地方便是裤裆。道士和尚穿着规整的道袍或袈衣，四不透风，只有领口宽敞，故要扇领。媒人卖婆二爷这类人物因要奉承拍马，看别人脸色吃饭，因此总是一半扇自己一半给别人扇，这叫半扇。奶妈呢专门伺候小主人顺带着赶蚊子，因此总是敲着大腿旁……再如讲老辈艺人的台步功夫：“葛子香身着密褶朝裙，裙上系有多个小铃，无论疾走慢行，褶纹始终垂直不乱；铃欲其响就作一声响后戛然而止，欲不响则任作何种身段，绝无声息。”

这些并非本书重点的闲言碎语，像野花小果，亦像金丝银线，时不时地闪动而过，令人悦目而神往——这就是读闲书的最大快活所在！我拿支铅笔，又画又点，独自嬉笑，偶尔还起身胡乱比画两下，真是傻乎乎无目的的陶然自乐。

印象中还有不少很有趣的闲书，都适合闭门冷面而读。比如有一本《宫女谈往录》（故宫出版社），我也常会跟人提及。这真真切切就是白头宫女追怀皇室往昔，因视角的原因，所设条目极为生活化也有点儿小八卦，但情韵复杂、沉郁，令人时有触动。尤其喜欢记录人金易先生与讲述宫女的穿插性的题外话，调子既悲凉又真切，流溢着小心、克制的人情世理。这种分寸，是职业虚构者很难追求得到的。

我倒也不是说这些书就多么的好，只是私心所爱而已，毕竟，那些高声大名、曝光过度的好书，相当于人头攒动的著名景点，前往拜谒瞻仰自是必要；但这些人迹罕至、深街窄巷般的闲书冷书，也自有意趣，只是需要你呀，你有时间、勇气与好耐心，与世人相背而行、深踏进去，其中的小滋小味，正是对你强大意志与独立审美的回赠，你会舀到一大勺只有你一人才能品尝到的甘美呢。

那些超过500页的砖头书

书厚，本是“赚”的；主要是重，除非危坐，对半躺或全躺的懒读姿势而言，长时间托举，颇有挑战，头左歪右歪，肩左抬右抬，总觉得哪里受力不对。如果还是精装，那就更加要命了。许多厚书不惜工本，厚壳套装，有点儿过分整饬的社交仪范，简单浏览或摆在架上确实极为悦目，但真正到精读长读之时，就有点儿降低了家常的舒适度。同样是做全集，上海译文做博尔赫斯，二十八册软封，本本轻淡若无物，极便于随身携带。译林社做卡尔维诺，二十一册精装，部部可以去砌明城墙，但不会选择带出门（可能也怪我臂力稍欠，译林君多包涵则个）。最理想的厚书是简装、轻型纸，纸色不要太白，页边留白不要太宽，这样的话，500页上下，唯一所要计较的就是书的内容了。

考虑到购买及阅读的综合成本，我会非常多疑、谨慎，心态接近小本生意人要投资大买卖似的，一般都是有同行或可靠出版人做了背书，同时我也会尽可能地收集综合一下周边信息，要不慢慢冷却了心思，从头脑里那片“虚拟等候区”里将其删去；要不就越来越有一种“打定主意要纠缠一场”的热恋心态，然后便挑个周末，开足马力、十分放心地一头扑进去了。出于此故，对于值得一读的砖头书，我觉得我也有义务，像接力棒一般，继续把这个背书做下去。

比如《中性》，是同城作家王大进推荐的。我与大进平常交谈不算多，谈书更是极偶然。记得当时，他瞪着他很认真的浓眉大眼简洁地说：好，写得好。我定睛仔细看他，觉得值得信。回家就买了，买了就读完了。

作家杰弗里·尤金尼德斯是美国当代作家，六十年代生人，成名作是《处女自杀》，后来被导演科波拉之女索菲亚·科波拉改成电影《折翼天使》，还蛮成功的——这是我后来了解的，遂把不算厚的《处女自杀》也囫囵吃了。还是讲回他的这本《中性》。这是尤金尼德斯的第二本长篇，此书后来斩获普利策文学奖。我这里不讲梗概，你若需要，自去网搜。但那种高度浓缩的一言以蔽之，是不公平的也是愚蠢的。这跟吃好东西一样，看美食图片根本管不了事。我只提醒你一下，此书译者是主万、叶尊父子，共四大卷，他们每人两大卷齐头并进。主万的译笔，我个人觉得是绝对一流的。可惜未等全书统稿结束，主万先生不幸病故，此可谓绝笔译作。这使得我在长读途中，怀了更多一层的珍爱感恩之情。

这书是六七年前看的了，记得当时真是太激动，雀跃着到处跟人讲，并在对方完全给吊起了胃口之后，才会像快要得手的行骗者一样小声而飞快地补充一句：书确实有点儿厚的，641页。我不知道这样的推荐成功率是多少，说到底，包括下文所要讲的，并非是很要紧的必读书，我说归说，您回头找了看的话，挺好，没精力看，也无妨。生活绝不会因此少了什么，当然，也绝不会多了什么。

再说的一部，还是美利坚的。也可能在美国当代，一流大作家总归是干几票“大活儿”的。菲利普·罗斯在壮年期也是体量惊人，比如以《美国牧歌》打头的美国三部曲（未读，无发言权），到晚年才开始变薄了，我读的《凡人》就较短小，有衰年之美。下面要讲的这位乔纳森·弗兰岑也是巨制型的，他的《纠正》（2001年）与《自由》（2010年）都是大部头，分别为612、601页，且在美国也都是飓风般的影响力。

《自由》出来时，还是奥巴马主政，书商的广告说辞是：出版前，奥巴马抢先阅读，赞叹无比——好了，这后来还引起了视平等权高于一切的民众抗议：总统滥用职权，连书都要抢在普通读者前面。这自然属于编外花絮，但还有更具说服力的这一条：十年来唯一登上《时代》封面的作家。我也颇为耳顺地接受了这等等的讯息，认认真真地切碎吞读。几年以后，国内又引进了《纠正》。我也再次与之长跑：两书相比，我更喜欢《自由》。但总的来看，弗兰岑这两部长篇的写法都极老实本分：全知全能叙事，绝对现实主义，家庭中心式的人物搭建，中产阶级的智性与普遍危机等。可能正是这种素面式的对生活本身的耐心折叠与反复打开，赢得了最广泛意义上的美国众生共鸣。或者这本来也就是一条写作法则：如果材质足够结实沉着，就不玩什么结构、概念与花里胡哨啦。

乔纳森·弗兰岑

弗兰岑这两部长篇的写法都极老实本分：全知全能叙事，绝对现实主义，家庭中心式的人物搭建，中产阶级的智性与普遍危机等。可能正是这种素面式的对生活本身的耐心折叠与反复打开，赢得了最广泛意义上的美国众生共鸣。

英国作家搞大部头，跟美国作家不同，最起码《占有》就是另一种气质：学院派与贵族气，风格偏古，也可能是有意做旧，就像正宗英国人从来就觉得穿新衣服是有点儿粗浅的，最得体的是起码放上两个季节再做考虑，如果能穿老祖母的裙子，则更高一筹了。

写作《占有》的A.S.拜厄特本身就是批评家出身，先后毕业于剑桥与牛津，还获得过大英帝国司令勋章与大英帝国女爵士勋章，我没有具体去查这两枚勋章意味着什么，但这或许可以说明，为什么整本书都带着那种维多利亚式的固执与过分的羞怯：对爱的羞怯与繁复的追求，对学术声名的羞怯与回旋式索取，对收藏品的羞怯与干脆就使之彻底隐匿。

看《占有》，很像在读论文，这个比喻可能会吓着你，我的意思其实是：拜厄特写得特别严谨，明明是虚构的学术与爱情疑案，可读上去简直就无一不无出处。这太难了，了不起。636页，我只通读了一遍，目前暂无复习计划。

顺便说两句希拉里·曼特尔的《狼厅》，也是630页之巨，不仅畅销而且文学声誉极高，当年击败诺奖得主库切与拜厄特女爵，获年度布克奖——创办已有四十六年历史的英国布克奖，向来眼光稳定，可以说已成了一枚响当当的大红戳子，盖上就准是上等货色。有时与同道讨论，比较一致的看法是，布克奖在文学界的影响力大有压倒比它年长得多的法国龚古尔文学奖、美国普利策奖之势，最起码中国读者很买这个账。我也买这个账，这些年读布克奖作品，从麦可·翁达杰、伊恩·麦克尤恩、J.M.库切到扬·马特尔、玛格丽特·阿特伍德，合上书的最后一页，总归会点点头，妒忌但信服：好。《狼厅》毫无疑问应当也是好的，但这本《狼厅》却真的看得我打起瞌睡，感到一种阅读的倦怠！但是，像一个开枪瞄准的人一样，我首先要为它辩护几句。扪心自问，障碍肯定不在其文学品质上，作为一部历史小说，《狼厅》在谋篇布局、行文质地、历史细节复原、人心复杂性探微等技术元素与硬件配备上，绝对做到了高分，也赢得了众评委为之啧啧称赞，我可以客观地（不是自卑）说：《狼厅》的某些方面，我以及我的部分同行们远远做不到这么好。

下面开枪。瞄准的跟刚才还是同一个地方：高度纯熟的技术背后，我看不到想象力与激情，这活活就是一个高级工艺大师的“大活儿”，它很“巨幅”，很“纵横捭阖”，很“游刃有余”，偏偏就是没有“与己相关”的激情，没有天真，没有笨拙，没有失控，没有灵魂，甚至没有作家这个人。而后面这些因子，我一直特别崇拜和倚重呢，对小说是，对其他艺术也是。某种意义上，《狼厅》也是无辜的，我真正失望的是布克奖对它的推崇，这似乎代表了一种技术派与非虚构的胜利，代表一种冷冰冰的程序化的高级装备主义，而往更深处走一步，就是对几个世纪以来人类所专有的想象力的轻慢和抛弃，像一记轻轻打在“虚构”脸上的耳光：看，假的，写不过真的！甚至，这可能不仅仅是布克奖所传达出的微妙责备，在当下，许多阅读者，尤其是智识阶层，对于虚构小说，似乎都有这样一种拒绝的姿态，他们总宣称更愿意看非虚构作品。但是我想说，这不矛盾，一切好的，包括非虚构，也都是有天真、笨拙与脆弱的。可以举一个闻名的例子：美国杜鲁门·卡波特的《冷血》。这似乎进行到另一个话题，关于小说与“非虚构”的PK，但或许仍是同一个话题——就算高端至布克奖，就算我让它站进“非虚构”的队伍，《狼厅》依然是毫无“艺术”味儿毫无“作家灵魂”的！不信的话欢迎你去打开《狼厅》，你去读，欢迎诸有勇有识之士去飞蛾扑火、火中撷英。

也攻打过别的英国砖头书，不过更是屡败记录。《云图》作者大卫·米切尔是很当红的，我最先接触的是其《幽灵代笔》，虽然只有400多页，但那种东一榔头西一棒的蒙太奇写法，所谓“世界的九个角落，二十一世纪英语小说全新模式与风貌”，感觉是绝对技术主义的，并没有任何心灵的参与感，着实让我消受不起，真疑心我落后并永久滞留在了二十世纪——自觉倒也挺甘美的。到今年，国内又引进了他的《骨钟》，长达634页。出于猫的好奇心，我又试了试，半页之后即举白旗宣告放弃：气息跟我不对付。不过我也看到有非常迷狂非常享受的读后分享，说是端坐一天没有动窝。这很好，所有的果实都不会白白成熟，也不会默默腐坏。

换个花色。来一本非虚构吧：《巴黎烧了吗？》。就算我的眼光常常走眼，但你绝对可以对读库和译者董乐山投以无条件的信赖。把时间交给他们，跟交给春天的泥土一样，总会长草或开花的。《巴黎烧了吗？》是写二战尾声，1944年的8月，在巴黎发生的几乎一切事情。一切？我夸张了吗？那么请让我抄一下书腰，这是我最乐意保留的一条书腰：1 000天采访，800人口述，536段经历。

《巴黎烧了吗？》
[美国]拉莱·科林斯
[法国]多米尼克·拉皮埃尔/著
董乐山/译

《巴黎烧了吗？》的好，不全然是因为二战或巨大采访量，最让我激爱的是全书的笔调，除了冷静准确的纪录片原则，还有一种来自胜利者的骄傲与谦逊——我不是故意要用这对反义词，是真的，这两股气息在全书里有和谐的混杂感，哪怕写狂欢，写阴谋，写死亡，写惊人的决定，写可笑的缓慢的细节，都是那样的有礼而克制。你在每一个字里行间都能读到：这是刚刚获得胜利与自由的人们，在极其耐心地共同回忆，

萨尔曼·鲁西迪

你如果只打算读他一本书，那就直接认领《午夜之子》吧，你会度过一连串精彩绝伦的午夜的。

从被漫长战争所掩埋的肉体灰烬里重新复原出1944年8月的巴黎。页数548，小开本、轻质纸，一点儿不像历史那么沉。

鲁西迪的《午夜之子》。我以前在微博上也荐过，转录如下：花了七天，连肥瘦肉带硬骨头加汤汁囫囵吞下《午夜之子》，真差点儿看个半瞎加消化不良加肌肉劳损（精装，580页，活活举得手腕子酸疼）。如果你喜欢排山倒海、遣神调鬼、天花狂坠的风格，那么欢迎进入这个暗黑宏大深不可测疯魔哀伤的世界！

这本书有很多排行榜推荐过，这里也不必再费口舌了。稍许补充两点：因为在作品中严重冒犯过某些宗教教义，据说鲁西迪被全球追杀，并在多国遭遇出版禁令。从他上一本《羞耻》到这本《午夜之子》，中国读者也是等了很多年。随着此书大红，后来国内又引进了他的《佛罗伦萨的神女》《摩尔人的最后叹息》，不过以我读过的《羞耻》和《佛罗伦萨的神女》来看，比起《午夜之子》，实在差了很多。你如果只打算读他一本书，那就直接认领《午夜之子》吧，你会度过一连串精彩绝伦的午夜的。

《毕司沃斯先生的房子》《胡利亚姨妈与作家》《寡居的一年》《别名格蕾斯》《幽灵之家》《蜘蛛女之吻》《2666》……类似的砖头书目，还可以写上好长啊，但不想再继续了。因为写至此处，突如其来的，就涌上一阵自我虚无感，是沉痛是迷惑也是感伤，无数个夜读的片段倏尔再现，然后暗讽般地混沌消失。我感激这些厚砖头的无言陪伴，但陪伴过后，清风拂面，帘动复帘止，我还是这么一个枯坐斗室、无能亦无为的写字人。

漫卷诗书喜亦悲。拔剑四顾心茫然。

轻薄之魅：适合随身行旅的书

作为一个偏保守的人，对如何正确地浪费时间，尤其是所有超过半小时的等待，比如舟车途中、医院候号、乏味会议等，我的想法十分土气：四处望呆偶尔有趣但非长久之计，耳机听音频的话怕伤着这中年的耳朵，玩游戏是堕落的，看剧是亵渎的（另一个话题，有空再写），刷朋友圈是不够独立并且也挺可怜的，等等。种种考量计较之下，还是觉得读书要强点，哪怕有吸收不良的风险，但这得看包里带着的是什么书了——我一直没买电子阅读器，原因同前：我又土又倔——这若干年的出门行旅，我随身包里总会强迫性地带着几本书，对，一本不牢靠的，万一特别难啃，像饿死了却带着块太硬的面包，绝望级别的尴尬。两本为宜。也曾经带过三本，后来发现这太神经了。

因此，凭我或如意或不够称心的经验，从记忆里推荐几本吧。我对它们最基本当然也挺苛刻的要求是：轻薄不重；有魅力，足够抗干扰抗疲劳；符合我的口味，值得我大老远地背来背去——末一条，主观、夹生。诸位谨慎参考。

格雷厄姆·格林

他一生被提名二十一次诺奖，他的读者遍及死者与活人、路人与名流，包括马尔克斯，后者曾对他说："我是你的忠实读者，格林先生。"

《一支出卖的枪》，傅惟慈的译本。格雷厄姆·格林的作品一直是两副笔墨，《问题的核心》《权力与荣耀》《人性的因素》，光从名字看，简直像哲学学术论文，当然，这几本好极了，顺便推荐，但最好在较优裕的时空里读。他自己也谓之"消遣小说"的这一路子，确实名符其实，《一支出卖的枪》即是其中的典型代表作。考虑到好玩书的荐读伦理，我不做具体内容透露，只补充一点儿小小背景：格林先生是极虔诚的天主教徒（宗教也是他"严肃小说"的大母题）；他在军情六处有过复杂、动荡的地下间谍生涯，一度还差点儿成为双重间谍；他患有躁郁症，从少年到中年数度试图自杀；他一生被提名二十一次诺奖，他的读者遍及死者与活人、路人与名流，包括马尔克斯，后者曾对他说："我是你的忠实读者，格林先生。"

罗曼·加里

这样，加里先生便成了唯一两次获得此奖的作家。不过，他以异名从零开始重新出版获奖，我认为，他就是两个作家。

《来日方长》。作者罗曼·加里是两度龚古尔奖得主，但在周围好像少有人知。这本书是好几年前读的了，具体内容已忘掉小半，但当时的阅读感受还颇清晰。此书有我个人比较偏爱的戏谑式语调与自嘲叙事，非常的没心没肺，就是把自己割碎了还撒盐还拍着手笑得上气不接下气的那种调子。还有一个重要的小边角料。写作这本约莫可以归为"成长小说"的书时加里先生已是六十一岁，不过他在四十二岁就已获得法国最大奖龚古尔奖，小说发表时他用了一个笔名埃米尔·阿雅尔，出版后，即获得当年12月的龚古尔奖，他拒绝露面领奖，作者身份外界全然不知。两年后，小说改编的电影《罗莎夫人》获得1977年奥斯卡最佳外语片，外界千呼万唤，可作者本人还是隐身不现，只是继续以此笔名发表作品。

直到四年之后（此时，加里本人已

经去世一年），他的出版商才在一档电视节目里承认，埃米尔·阿雅尔即罗曼·加里。而龚奖规定：一位作家一生只能获得一次该奖。这样，加里先生便成了唯一两次获得此奖的作家。不过，他以异名从零开始重新出版获奖，我认为，他就是两个作家。

《突然，响起一阵敲门声》，这是99读书人做的短经典之一。王安忆为这个系列写了篇总序，光读一遍这个序，就够喜欢小半天的。这套"短经典"在同行圈里传读甚广，我估计写作者里头，十之有七八，家里的书架上，总会搁着其中几本或干脆是大全套。我没有全收，我读短篇比较差。《突然，响起》其实也非传统意义上的短篇，这位四十八岁的以色列作家埃特加·凯雷特有点儿博尔赫斯式的奇想，但更诡异、更悲悯。小书才200页，倒有三十八个极短的短篇：匪夷所思的入口，绕不出去的循环，从天而降的意象，首尾相咬的报应……这类"怪"短篇与《纽约客》式的中产趣味或极简主义等大相径庭——有些短篇集，固然字字平素，却总裹着过分深沉的日常生活流，我的注意力搞不好就给流走了。凯雷特后来还出过一本《美好的七年》，类似于随笔集，是"残酷中的美好"路线，感觉比他的短篇弱一些。

后来我还找到克雷斯另一本书《传染病屋》，也非常好，同荐，但稍厚，如果力气大的话，也可以带在行李里路上看。

不过，不能光给你讲这些特别顺手顺眼的。也讲几块硬面包吧。尤瑟纳尔的《哈德良回忆录》，个人生活史很旖旎的这位尤氏可是头一位法兰西女院士啊，笔力刚勇，技压群雄。七年前看过一次，看了两遍开头，都昏昏不得其门。半年前不服气再次拿起，哇。好。于是想带到途中，显然我功夫还太差了，路上真的没法看，十分钟过去，半小时过去，我终于换上备胎书了。再如唐笔记《酉阳杂俎》，绝对薄，绝对属于我的爱读之列，确实也看得津津有味，但在高铁或机场，那是对不住它，也对不起我，两相伤害。记得它在我的包里，前后总搁了绝对半年有余，若干次出行，书里到处是折痕，沾了水渍也翘了边，但相信吗？我愣是没有看完。

接下来我得说《阿斯彭文稿》，很高声地说。最初是看到阿乙在他的微博里不停地拍内文、画道道、写旁注。这家伙是阅读强迫症重度患者，对他晒的各种书，我常会作松鼠藏，但过一阵又被更多的收藏给埋葬掉了，然后也会像松鼠一样忘了曾经埋下的好果子了。这本《阿斯彭文稿》他才在微信上晒了两条，我就一下子嗅到了那股子“我喜欢的”正宗味儿，这可不能马虎藏之，得马上占有，并且一定得买主万的译本。东找西找，最终还是找孔夫子解决了。

亨利·詹姆斯常年客居欧洲，去世前一年索性加入英籍，他一辈子所写的，都是老欧罗巴与年轻美国人之间的诸种瓜葛，并纠缠成在当时带有开创性的心理小说，当然，他本人似乎也深陷某种跨域心理的泥淖，终身对女性都带有叶公好龙式的畏惧。以前读过他两册代表作，《黛西·米勒》《螺丝在拧紧》，但读到末尾，反倒有种吊得太高却又无谓抛弃的“被戏弄感”。不过《阿斯彭文稿》确实是极其好的，这么短小，戏剧感十足，心理上的细描深勾极为出色，有种贯穿始终的、一只宝贵罐子一定会被打破的不安感。书很薄，小开本的198页，读的时候伴随着惆怅与不情愿，因为知道很快就会见底，就会读完。这种不开心，只要你读到了自会明白。现在我特别想读他的《鸽翼》《金碗》，但都找不到！

施林克因为《朗读者》太红，其实他还有一部薄书也蛮好，只是一直不大出名，即这本《周末》。也可能是我有意识地在把《周末》与《朗读者》对照着读，从而觉到了某种影响力阴影下的静素。相对于《朗读者》的宏阔时间跨度、二战戕害主题、少年成长视角，《周末》的切口则小到你都不会相信，真的如其书名所示，就写了一个周末，并煞有其事地以此分了大章：星期五、星期六、星期天。但不要忘了施林克最早是以推理小说出身的，《周末》虽然绝对是严肃画面（一个二十多年前的暴力恐怖活动者狱中释放归来、重返和平生活的一个欢迎聚会）与更为严肃的写法（很难写也不大好读的那种冰山理论的影绰写法。对话很多，常常谈到善恶、政治等话题），但它的行文还是有一种亲近的、哀伤的、天然推动的节奏感。当初最引起我注意的即是这种表面的生活化与内在的非生活化。我说得有点儿涩吧？有可能，这本书推荐你在没有旅伴、外部安静并且想来点硬货色的旅途中读。

《遛鸟女》，这本书现在可能不大好找了，这一版是外国文学出版社的。封面上这位印得含含糊糊但依然显得艳丽的女郎侧影，我简直是看到一次就气一次，因为跟内文里的女主人公完完全全是背道而驰啊。要是有出版社愿意再版就好了。记得最早大概得是十年前读的了，前不久又读了一遍，还是很爱它。这不容易的，好多书年轻时激爱，但经不得人到中年时的二刷。我青年时代言必称颂、简直要拜作再生父母的《艺术哲学》，现在就不大认同了，觉得丹纳对艺术形成的推演，太过明朗、唯物和现实了。

《遛》的作者迪迪埃·德库安我很不了解，有限的资料显示，他是1945年生人，曾获龚古尔奖。本书问世于1996年，曾在法国占据三年畅销榜，起码“好读”这一条是肯定的。同时又有着文学意味上的“好”，真的，我可以连敲两枚红章，你尽管可以放心——书到底写的什么，不太好讲，嗯，可以说是全无动机的痴傻明亮，也可以说是时间与偶然，或是对时间和偶然的不肯妥协。真的是本好书，可能女性读者会更喜欢。

《冷皮》则适合男性，而大数据说，在虚构读物中，男性在读者总量中的比例是一直下降的（真的吗？这说明什么？），因此我得冒点风险，给你讲这本很怪的《冷皮》。记得最早是译林社的刘锋老师推荐的。刘锋常年沉迷译诗，常常还是古体英诗，没想到会推荐出这么一本后现代主义的、带点科幻色彩的怪书。我对未来主义或世界尽头的意象，总抱有一点儿保守与回避，就比如我写东西，肯定不会涉足智能机器人、2084年或邻居星球。《冷皮》的设计是鲁滨孙的核：逃离现代社会的无名者前往一座孤岛做气象员，除了半疯的灯塔看守人，然后就是大量冷血海怪的攻击与厮杀，但其中有一个美丽的带有性伴侣性质的女海怪……唉，看看这四处支棱方向不明的内容，你还打算读吗？也可能怪我总结得不好，不要被这种冷与怪吓到，它所提供的，的确是一副非主流的冷皮囊，但低温的血肉里，是绝境中的人，人性的暴力因子，人类宿命中的自我绝杀。不说了，越说越冷了。我只补充三句：女海怪与主人公的关系非常性感；相当篇幅的杀戮描写很有力量；你会觉得你在看商业片，导演可能是小一号的昆汀加小两号的诺兰。

《拉格泰姆时代》，这是又资深又出名的业内好书了，我主要想跟陌生读者推荐。我现在怎么也回想不起来，怎么会这么幸运地在比较早的时候就读到了多克特罗（一译多克托罗），这位作家有一种神奇的能力，会化用当时当地的重大新闻素材，像文身一样刻到他正处于命运行进中的主人公身上，你明知道他是有意为之，但毫不隔阂，反倒交相映衬出人与时代、假人与真人、虚构与实指的不同光彩。我特别迷醉于他的这一能力，但我发誓我不会学的，真害怕一学就露馅，这真的是多克特罗的独门刀法。

多克特罗于2015年7月21日刚刚离世，八十四岁。听说上海文艺社在两年多的“艰苦运作”后，最近终于出版了他最后一部小说《安德鲁的大脑》，译者又是读者特别信赖的汤伟（亦是卡佛的中文译者），我心里“叮”地一喜，像回形针一样，又别上一个小记号啦！

多呢，真舍不得这样一口气地批发性推荐啊。当代美国作家保罗·奥斯特早先以“纽约三部曲”成名，还有后来成为流行句的代表书《孤独及其所创造的》等，也涉足电影，如与华裔导演王颖合作的《烟》《面有忧色》等，在中国书迷众多。我最爱的是他的《布鲁克林的荒唐事》，有悲哀的日常与人情之美。不过就是比较厚，适合居家读。他的叙事影像感很强，多少显得有点儿“畅销”体。

200多页的《神谕之夜》更体现出他最拿手的策略：故事里套故事，并且有悬置情节，足以抵抗吵闹的外部环境。不废话，粗暴荐！

因为我要把所有的温和，留待推荐这一本：伊斯梅尔·卡达莱的《谁带回了杜伦迪娜》。这是很出名的蓝色东欧书系之一，我特别想放在这里做这个打包荐书的压题书。大部分人，对阿尔巴尼亚知道什么？我小时候，只知道我母亲织毛衣时，有一种针法叫“阿尔巴尼亚针”，此外便是蒙荒一片。直到最近这几年，我这一片无知的蒙荒中才有了惊人的亮点：作家卡达莱。他以法语写作，重庆出版社老早就引进过他的《破碎的四月》《亡军的将领》等，都是绝佳之作。嗯，给你一个硬信息作为我的主张证词：2005年，就是这位卡达莱，曾打败马尔克斯、君特·格拉斯、米兰·昆德拉、大江健三郎等几位鼎鼎大牛，获得首届布克国际文学奖。更多关于卡达莱以及一大批东欧作家的丰富又好玩的背景，高兴先生在本书里有出色长序，这里且跳过。

卡达莱的几本书里，我尤爱《亡军的将领》。但如从魅力程度来看，《谁带回了杜伦迪娜》则是上上尤物。主要是全书的气氛极其地诡谲、扑朔，而这种诡异又是铁血的、至恸的、万劫不复的，很难简单概之。还是那样，我不做内容透露。我只是说，我很快地读了一遍，然后有意搁置了小半年，又慢读了一遍。两遍都很满足，像吃了一盒不易保存又有点儿小贵的日本生巧那样的满足程度。不是肤浅之喻，这是至高的赞美。

这不是字纸，是梦境

有两本书——可能还有第三本与第四本，这会儿想不起来了——在我的阅读体验中，如同梦境。什么是梦境？你们都知道的，信以为真又稀里糊涂，轰轰烈烈同时脚底发软，心悸哭泣或又破涕为笑。读这两本书，大致如此。如一脚踏入黑白幻象，哪一页都可以侧身进入，亦可随时跳脱离开。我曾读得击节哀叹，忍不住在书上划起道道，歪歪扭扭写出呼应，可极为古怪的是，只要放下半个钟点，之后再拿起，明明刚刚读过，却又像新鲜初见……要是时隔一年半载，那就意味着又到了重新读起的时刻了。

这样的描述也可能事先就吓退一半以上读者，而另一半则会怀疑这是故弄玄虚的怪乱之辞。讲实在话，讲述并推荐这两本书是有风险的，它们本就难以概括与转述，不仅挑剔阅读者，也挑讲述者与聆听者。就好像荒野电台一样，天波地波都得合，否则就只能嗞啦啦听到一堆杂音。

一本是《马尔特手记》，里尔克著，曹元勇老师的译本。里尔克以诗歌著称，他的名篇《杜伊诺哀歌》《致奥尔甫斯的十四行诗》我都未读过，只象征性地找了些片段。诗人为此花费了艰涩攀爬的十年光阴，写完四年后即离开人世。里尔克的十年啊，真叫人愧不能对。我向来惧读长诗：挑三拣四，在各个译本间比来比去，最后买下的智量译本《叶甫盖涅·奥涅金》，至今没有开读。

大多数人可能也像我一样，在里尔克的短诗里获得了亲近或占有他的自我愉悦，几乎人人都可以张口就来，像来上一句流行歌词："谁此时孤独，就永远孤独。"再高级点的，会在合适的地方引用一行："我认出风暴而激动如大海。"哦，还有，那句一直被认为是村上春树的名言"荣誉，是所有误解的总和"，其实出自里尔克。二十七岁那年，他得到一份稿约，前往巴黎拜访六十二岁的罗丹，有点儿类似于我们现在的"大师专访"之类，法语还不熟练的青年里尔克跟已然巨匠的晚年罗丹相处了一段时间，其间写下不少名作，也包括甚至被房地产商写入文案的《秋日》："谁此时没有房屋，就永不必建造……"也可能是与罗丹的相处、近距离的观察，他略显嘲讽地留下了这句剔骨去肉的定义：荣誉，是所有误解的总和。后来被很多艺术家也包括村上春树，拿来所用，为已经获得的荣誉做

“我其实被误会，我其实不在乎，我其实是另一个我”的高蹈之解。

啊，这扯远了。在巴黎期间，三十五岁的里尔克写完了他的《马尔特手记》。北岛老师在《时间的玫瑰》里提到此书时所加的文体定语为“长篇小说”，并有一些句章的选摘，我大概就是在这时，惦记起这本手记，直至后来找到曹元勇先生费时六年的译本。

确乎，乍一翻看，尤其是第一部的前面十五章，《马尔特手记》是挺像长篇小说的，有家族，有童年，有亲人亡故，有极其工笔的场景描写。实际上，都不需要等到第十六章，里尔克身体里那强大到必须以透明与华丽的晶体来呈现的诗人基因即冲破戏剧与故事的小说面纱，毫无修饰、亮光闪闪地奔突出来。

时间不存在了，逻辑不重要了，情节或人物更是去他的吧。只有句子、修饰、片段、短章，晚钟般不断震荡和回响的主题。里尔克像用指尖轮流拈起他眼前或记忆里的纸牌，他在纸牌的色号与数字上大做文章，他说：1是爱，2是孤僻，3是恐惧，4是衰微，5是死亡，6是上帝。这些就是他的主人公们，一个接一个的，像亲切拖曳着的长长影子，从灰尘飞扬的瞳孔前掠过。读来那样地动人啊，令人痴迷、隐恻，但的的确确，又总会在波浪般持续感动的同时，也会持续失忆般地，忘掉到底读到了什么。

但我倾向于乐滋滋地原谅这难以解释的遗忘性阅读，正因为此，才能得到这无边无际、跋涉人间的梦境，并有一种自以为是的“得道”感：这种恍惚与迷糊，也许勉强可以接近到里尔克这一长篇手记的本义。

——“我获准放在一间谷仓的旧家具在朽烂，连我自己也在腐败。是的，我的上帝，我上无片瓦，雨水直扑我的眼睛。”

——“一种苦涩的、冰冷的壮美，一种任凭什么都不能限制的壮美。”

布鲁诺 · 舒尔茨

床头大概永远搁着一支水笔，一边说着梦话一边从被窝里伸出一只手在白纸上无意识地记录，或者说，在他的太阳穴或后脑勺部位，就连接着一根秘密的可以把脑电波直接转化成文字的记录仪。

另一位梦境制造者，是布鲁诺·舒尔茨，写下这几个字，简直像排出六枚强力致幻迷药。余华在新星出版社的《鳄鱼街》前，有很长的一篇序——《文学和文学史》，写得那样的好，与王安忆在99短篇经典的那个总序一样，牛到泣血，有时候我拿起书仅仅读一下这篇序，就有七分满足感。我喜欢《鳄鱼街》到这样的程度，在新长篇《奔月》里，曾经试图虚构一条鲸鱼街，以拙劣地致敬，后来发现实在是太拙劣了，恐被路人喊打，遂把这一想法给自裁了。

好，说回舒尔茨。嗯，复述他的作品是不可能的，我只能无奈地以梦境来比拟。他跟里尔克不同，里尔克是诗人之风，带着童贞般的清明与无辜，就是说，他本意并不是想让你做梦，他满以为他是颇为清晰地在排数纸牌。舒尔茨可不一样，他是存心的。生活本身就这么的浑浊啊，他却没心没肺、竭尽能事，仿佛天底下只有这么一件事似的，把浑水给搅得更浑。

我绝对怀疑他直接就是写的梦境。床头大概永远搁着一支水笔，一边说着梦话一边从被窝里伸出一只手在白纸上无意识地记录，或者说，在他的太阳穴或后脑勺部位，就连接着一根秘密的可以把脑电波直接转化成文字的记录仪。我从没见过谁能这样光滑无痕地把生活给一步步引入梦境的。没有白天黑夜之分，没有醒着睡去之分，完全就是深一脚浅一脚地在黑夜里赶路，目力所及的每一处灯火与灯火下的面孔，都笼罩着白黄色的浓浓光晕——而恰恰就是在这光晕中，舒尔茨活灵活现、上天入地地贡献出一个博物馆、动物学或标本学等无法一言以概之的文学父亲。对此，许多评论家与资深读者都有过繁杂的长篇分析，这里且略过。

当然了，梦要有梦的规则和气派，除了这位在所有梦境里都担纲绝对主角的父亲外，舒尔茨像建造模型一样，配套了诸如东奔西跑少不更事的儿子，脾气很差让父亲怕得要死的女仆，还有人头涌动的布料铺子，患者与医生好像都在漫长沉睡的疗养院，等等吧，各样的甲乙丙丁与魑魅魍魉。最关键的是，所有这些意象或人物都辐射出强烈的黑暗与黑暗中的立体美感，光影闪动，令人心跳顿止、魂魄飞散。舒尔茨的笔触太奇特了，我研究过，好像大猩猩跷起指头来研究三十二面体的香蕉口味魔方似的，那样的无处下手、不得其门，悻悻然而又欣欣然，然后，带着噬梦者的贪婪囫囵吞食起来。

还有一句，我认为不算是多余的话，也是此一番推荐的幕后本义。我们当下的阅读与写作，现实主义的势力十分强大，有时到了以此为标准与参照的地步。所以我时常要跳出来，提醒自己，可能的话，也想提醒同道中人，除了结结实实的大地上的书写，还有渺不在人间、渺不可方物的别一种境界。

散淡或决绝：日式私小说

小说，不可避免会覆盖着其所在国度与地域的阴影或彩衣。比如人伦尺度——中国小说，沉沦者的自我忏悔可以写上整整三章，而南美，则会对本能性爱欲歌之不足蹈之咏之，称颂上汪洋万言。再比如，信仰强大的国度，其小说的毛孔似乎也都被虔诚感泡浸入微，反之，则从来不见畏惧乃至轻狂无良本身就成为一种宗教。如此种种吧。

日本有所谓“私小说”的传统，谷崎润一郎、太宰治都算是其中的鼻祖级人物。太宰治虽有点儿黏糊，但他的“惭愧”感，是人性幽暗极处的太息回响，不可攫取之光。谷崎润一郎是最为率直、审美高级的老头（我总觉得他必须是老头），实可以反复观摩。他们都太有名，不必谈了。

今天这里要讲的几本日式私小说，偏年轻一代，有不少的共性：私人感，流水记录，散淡气或决绝气，由此形成了一种有别于前辈的日式现代感。

《第八日的蝉》一度十分流行，作家渡边淳一郎力荐，国人熟知的女星黑木瞳（《失乐园》《东京铁塔》主演）也表示读得“手不释卷”（哈哈，广告手法？）。其作者角田光代（1967年生人）是与吉本芭娜娜、江国香织齐名的日本三大女作家之一，曾获得过直木奖，须知此奖乃日本大众文学最高奖，与市场的联动相当紧密。故而此书在情节起伏、结构设置以及叙述视角上都下足功夫，算是特别照顾到读者趣味，有畅销小说的预设，立意要“抓人”——作为“第三者”的我，以报复者的心态，去偷了对方家庭里妻子刚刚生下的婴孩，然后凭借着断续偶发的“母性”四处亡命，寄居异处……

此书风格，是相当典型的“私小说”：反反复复几至唠叨的心事、细节铺陈的不厌其精、与世隔绝、自我噬咬的生活模式等——这种细碎，仿佛是种赌气般的态度，是穷尽残勇、越挖越深，哪怕深得绝望——引得我在阅读中，有些恻恻然地深思起来。就如人们通常对于伟大、壮阔、永恒容易引发崇拜一样，对渺小、短暂、重复的追究，恐怕正可以摇撼或确证到生活的基石部分。出于这样的理由，我觉得此作或可一瞥。

再说《乳与卵》，这书名真够坦诚的，也是获大奖的小说：芥川龙之介奖，日本纯文学界最高荣誉。作者川上未映子（1976年生人）以歌手、演员名世，此本《乳与卵》，具有非常尖锐的女性意识（主题鲜明！纯文学奖嘛，总归要找根粗大钉子来挂一挂，天下大同），书中只有三名女性：母亲卷子，全书围绕她的隆乳工程轰轰展开；女儿绿子，处于生长叛逆期，不肯说话，只用纸笔交流（这个设计我最不满意，感觉是不动脑筋且极不自然的败笔），乃至其对经期排卵一事耿耿于怀；而小姨则为旁观的口述者，带着一种妇女家常调子的好奇与懵懵。这样的搭配，有差异，也稳定，成立了。

整本小说极短，排得稀稀朗朗勉强凑足100页，上下班坐地铁就可以举着看完，而其中足有30页，都是对女性器官、女性生存、性别意义等的详尽陈词，着力表现一种自醒或冷眼的性别感，个别章节尤其是高潮部分的"对砸鸡蛋"一幕显然用力过猛，但尚不至讨厌。主要原因大概正是其坦露一切的真切感吧。那种对隐私意识的全力祛魅，对私密生活的衣衫尽褪真是登峰造极，这种不管不顾到卖力的架势，似乎总在提醒你：这可是一等一的、至为典型的私小说，你看到什么都不要吃惊。老老实实讲，我觉得以这样的写法来取胜，并不算真的胜，起码不会长胜。当然，话说回来，她们本来也没打算做常胜将军吧。

再说说《夕子的近道》，这是首届大江健三郎文学奖的首奖作品，尽管大江健三郎这位诺奖得主本人的作品以残酷、奇异庞杂的文风令阅者望而生畏，但他所激赏的这本小说集却清淡如小粥，由七个互有关联的短篇构成：古董店老板与瑞枝的情事；夕子为高中老师怀孕；朝子如同劳工般常年准备着一件不成样子的装置艺术品；而叙述人“我”则流浪汉一样须靠旁人接济过活，心事沉沉得像是由稀薄空气构成的模糊形象。

而所谓“夕子的近道”，其实只是这个名叫夕子的高中女生私下所摸索到的，需要爬上跳下，并且要绕得更远的一条小路。此条近道，正是作者长屿有（1972年生人）的旨趣主张所在：反社会效率、反捷径的价值观，回避过分亲密的情感，拒绝一定之规的“势利化”前程。整本小说的这种逆反气息，青涩而固执，让我在阅读中始终处于一种感动和喜欢之中。不过，我也是谨慎地推荐这本小说的，因为作家行文也是很反“小说规律”的，你绝对不要期待能读到什么像样的情节或人物关系——它所写的，就是这样平缓流淌、乏善可陈的生活本身。这种写法很难，读进去也有点儿难度，但一旦得到这种滋味，又会觉得特别的健康宜人了。

最后一本，是金原瞳（1983年生人）的《裂舌》，还是得过大奖的——第130届芥川奖，我当初可能也冲着这才买下的（可真势利！）。书特薄，比《乳与卵》还短，我感觉，等饭等菜等一个磨叽厨子的工夫就可以顺手读完。但要从内容上来讲，又不大适合在餐桌上读。望望书名大致可以生义：裂舌，是日本少男少女们的一个哥特式潮流；浑身打孔嘛，其中有一种是打在舌头上，这里有个程度或者说标准，舌环越重，导致的舌洞越大，便越酷越性感，越能得到同道者的黑色激爱与价值指认，最高的程度呢，是舌尖被洞穿得裂开，能够像蛇或蜥蜴的舌头那样，裂成两半。书中的男女主人公即是这一程度的追求与攀比者。

——对不起，这样的舌头会让您感到不适吗？如果这样，您大可不必翻看此书啦，如果您觉得尚好，那么我很推荐这本薄书。尤其是四平八稳又劳苦兮兮的中年人可以读一读，毕竟，我们都快忘了青春是怎么回事对吧。我以前对所谓成长或青春小说的命名，颇不以为然，因为对写作者来说，这样的标签并不完整，但读过《裂舌》，怎么讲呢，又会觉得对了。是的，世界上有这样一类小说的。村上龙很爱此书，作为芥川奖的评委，他说得怪有意思的："因为裹上了芥川奖这层权威外衣，《裂舌》所拥有的强烈的毒性和魅力，便被名为教养的糯米纸给包了起来。这一点对作品来说，是幸也是不幸。也许，代表某一时代的强烈的作品，就是要背负这样的命运。"

写到此处才发觉这次推荐的全是女性写作者，这可能也是日式私小说在当下的某种存在境况吧。差不多同一审美范畴的，我还读过《心醉神迷》（村上龙）、《一个人的好天气》《窗灯》《快乐》（均为青山七惠所作）、《老妓抄》（冈本加乃子）等。有些中上，比如青山七惠与村上龙。有些无法卒读，比如《老妓抄》。总体来说，比起本篇开头提到的两位鼻祖，有些新世代的私小说，常还只止于一己之“私”，尚未达到众人之“私”。而程度最好的“私”，必定是通往所有人的。

嗯，就到此结尾吧。刚才查了查，因为出版已久，上述这些书有不少都下架了，可能您也找不到看。我这一番推荐等于话落音止，如天空中四只小鸟飞过。但我相信《夕子的近道》里的夕子会大致明白我这种无为而写的心意和心态吧。